緋彈的亞莉亞 II

Aria the Scarlet Ammo

燃燒的鑽石冰塵

赤松中學

Kanzaki H Aria
神崎・H・亞莉亞
雙槍和雙刀運用自如，
總是獨斷獨行的超一流武偵。
繼承了名偵探的基因。
強襲科

偵探科
原為強襲科的學生，評等為最差的E級。
但因為某種特殊體質，
被亞莉亞選為夥伴
遠山金次
Kinji Tohyama

Shirayuki Hotogi
星伽白雪
武偵高中學生會會長，金次的青梅竹馬。
家族代代皆為星伽神社的巫女，會使用鬼道術。
超能力搜查研究科

蕾姬
Reki
狙擊科
S級的狙擊天才。沉默寡言，面無表情。
其姓氏無人知曉，似乎就連本人自己也不知道。

「妳無法背叛星伽。
妳應該知道這代表什麼意思。」

Contents

緋彈的亞莉亞
Aria the Scarlet Ammo
II
燃燒的鑽石冰塵
赤松中學

1彈　武裝巫女

星伽白雪她，就像是大和撫子（註1）。

一頭烏黑有光澤的長髮，個性端莊且彬彬有禮，是日本傳統的良家少女。

煮飯洗衣樣樣精通，不管對誰都很溫柔，是未來的賢妻良母。

……原本應該是這樣沒錯。

她絕對不會面露惡鬼般的表情，高舉日本刀如此喊道。

「我、我、我要殺了亞莉亞之後再自殺！」

……平常的她不會這樣的。

「所以我說為什麼要殺我啊！妳認錯人了！」

名偵探夏洛特・福爾摩斯4世——神崎・H・亞莉亞大小姐，似乎也不知道這位巫女為何會來取自己的性命。

我想也是。

因為就連青梅竹馬的我也不知道原因何在。

我飛快地回顧事情的經過。

1　日本傳統女性的美稱。柔弱中帶有凜然之氣。

●白雪從合宿回來後，傳了「你跟女生同居是真的嗎？」等四十九封郵件到我的手機裡。
●傳完郵件後，白雪本人立刻殺了過來。
●接著她看到亞莉亞，就演變成這樣。
以上。
……沒辦法。
我完全搞不懂。
我搞不懂白雪勃然大怒的理由！
「白雪！妳是不是誤會了什——嗚喔！」
碰！
我話說到一半，亞莉亞用力踹了我的背一腳。
我撞到走廊的牆壁，倒在地上。
「金次，你快點處理一下啊！會跑出奇怪的東西都是因為你的關係！」
「不、不是我的關係吧！」
「對！不是小金的關係！小金沒有錯！錯的人是亞莉亞！一定是亞莉亞！亞莉亞妳消失吧！」
不、不好了。

白雪因為憤怒而失去自我。

其實……我也搞不懂這其中的系統構造，但白雪從小時候開始，偶爾會像這樣突然發作。

根據我的經驗，一旦變成這樣誰也制止不了她。要等到她痛扁不知為何被襲擊的被害人——九成九是女性——一頓後，她才會恢復原狀。

「天誅——！」

白雪尖叫，踩著木屐答答衝刺，接著大刀一揮！

她突然朝亞莉亞的頭頂一刀砍下！

不、不會吧！

她玩真的！

「喵！」亞莉亞發出了像珍奇的貓科動物一樣的聲音。

接著，雙手一拍！

她用雙手夾住了白雪的日本刀，制住了刀子。

（空、空手奪白刃！）

我還是第一次看到實戰中有人用這一招。

亞莉亞不虧是巴流術的達人（Baritsu）（註2）。

2　福爾摩斯原著中擅長的防身術，源自英國十九世紀的巴頓術（Bartitsu），類似日本的柔術。

不過現在不是佩服的時候吧。

「妳這個，笨女人！」

亞莉亞夾著日本刀，雙腳一蹬高高跳起！

她任由裙子向上翻起，用雙腳夾住了白雪的右手。

接著用力一扭。

「巴流術嗎——！」

白雪瞬間就識破亞莉亞的流派，馬上用木屐蹬地——接著碰的一聲！她把亞莉亞固定在手上，使出岩石落下技。

喂、喂！地板整個凹進去了！

「嗚～～～消失吧！消失吧，小偷貓！快從小金面前消失吧！」

白雪用雙腳狠狠將亞莉亞踹飛。

「呀！」

亞莉亞在地上翻滾，最後磅一聲撞到客廳的沙發。

沙發變成了瓦礫堆，把她埋在下面。

「住、住手！妳們兩個都住手！」

砰砰！

沙發下方，亞莉亞射出的兩顆子彈，從大叫的我眼前飛過。

鏘鏘！

白雪輕而易舉地用日本刀**彈飛**那兩顆子彈。

「我生氣了！我真～～～的生氣了！我要在妳身上開洞！」

亞莉亞有如被彈射器射出一樣，從沙發下跳了出來。

她不停連射直到子彈用盡，同時衝了過去。白雪將子彈全數彈開。

接著亞莉亞就如雙劍雙槍的外號一般，拔出了兩把短日本刀架成十字，和白雪的平刺對砍。

隨後，兩人短兵相接。

「小金你快從背後刺這個女人！你這麼做的話我就當作這一切都沒發生！」

「金次！快點掩護我！你是我的伙伴吧！」

兩個人都要我助她一臂之力。

真是……這到底是怎樣。

「……隨便妳們了。妳們就打到爽為止吧。」

我壓著發疼的腦袋，踏出無精打采的腳步。

接著我穿越互相瞪視的兩人身旁，打開窗戶來到陽台。

你問我為什麼到陽台？

因為這邊有個置物櫃。

是**防彈材質**的。

「小金！」

「金次！」

背後傳來兩人的呼喚聲，我打開置物櫃……進到像保險箱一樣的裡面。

狂戰士白雪。

女戰神亞莉亞。

這種怪獸對決，現在的我只是一介平凡的高中生，你覺得我制止得了嗎？

答案是ＮＯ。

所以我……

決定關上置物櫃的門，逃離這不可能的現實。

你要覺得我沒出息，那就隨便你吧。

螻蟻尚且偷生吧？

星伽的巫女是「武裝巫女」。

不管哪一間神社，多少都會由神官和巫女來守護某樣神體（註3），然而白雪的老家星伽神社，長久的歷史以來不知哪根筋不對，都是以「武裝」在守護神體。

3　神社供奉的東西，一般來說是劍、鏡、玉、矛之類的東西。

因此，看到這位白雪宛如女中豪傑的戰鬥光景，你就可以知道星伽的巫女很**強悍**。

剛才白雪用日本刀展現絕技，輕而易舉地彈開手槍子彈。這種事情，我在爆發模式下也只做過一次而已。

白雪強大力量的根源，似乎是源自一種叫做鬼道術的**「超能力」**。她以前曾經對我說明過，但我還是搞不大清楚，就算我親眼看見也很難明白。

……

…………超能力。

這種事情太詭異了，不會有人相信吧？

連我自己也不太願意相信。

然而超能力者這種東西卻是實際存在的，各國的特殊機構都在進行秘密的研究和培育。以武偵高中來說，超能力搜查研究科就等同於此。

而白雪在那裡也是一位優等生，目前正在開發那種超人能力。

此外，擁有超能力的武偵被稱為「超偵」，雖然十分詭異可疑，但他們在武偵業界的存在感是日益增加。

「呼！」我深深嘆了口氣。

──**太不正常了**。

總有一天我要轉學到普通的學校，過普通的校園生活，變成平凡的大人……就算是現在，我也如此祈願……

因為亞莉亞的關係，最近的我一個勁地被捲入不正常的世界裡。

像戰爭電影一樣的聲音終於停止了……

我剛才為了逃避現實，用手機瀏覽起電影網站。現在聲音停止了，我蓋起手機將它收進口袋，輕聲地從防彈置物櫃走出來。

看到房間的光景，我差點沒昏倒。

牆壁上到處佈滿彈孔和斬擊的痕跡，我喜歡的各種家具全都變成碎片散落在地上。

宛如地震和颱風同時掃過一樣。

而那兩位地震娘和颱風娘已經力竭，兩人披頭散髮，衣服凌亂不堪，身上滿是汗水和灰塵，這副模樣糟蹋了這兩位東、西方的美少女。

「呼……呼……妳這隻……小偷貓、怎麼、這麼難纏……」

白雪把日本刀當作拐杖勉強站著，氣喘吁吁。

就叫妳別把刀插在地板上了。

「妳、妳才是……快點、下地獄去吧……呼、呼……」

亞莉亞坐在地上兩腳撐起，雙手撐住後仰的身體。

「……妳們分出勝負了嗎？我看起來好像平手。」

等到交戰國雙方刀折矢盡之後，再由第三者來做和平調解——這是世界的規則。

我如此心想，決定促使雙方對話。

「——小金大人！」

白雪似乎現在才注意到我走出來，她把刀丟在身邊，腳步踉蹌就地正座。

接著，她有如黑曜石般美麗的雙眸開始泛淚光，同時雙手摀臉。

「我、我要以死謝罪，小、小金大人如果要拋棄我的話，那我馬上殺了亞莉亞，然後在這邊切腹自殺向您謝罪！」

不要接二連三說一堆莫名其妙的話。

幹嘛突然叫我小金大人。

這樣接尾詞有兩個喔。（註4）

「我、我說啊……什麼拋棄不拋棄的，妳在說什麼啊？」

「因為、因為如果你把一公一母的哈姆太郎放在同一個籠子裡，牠們的數量自然就會增加了嘛！」

「我搞不懂妳在說什麼，太沒頭沒尾了吧！」

聽到我不耐煩的聲音，白雪猛然抬起哭泣的臉蛋。

「亞、亞、亞莉亞她只是想要玩弄小金而已！絕對是這樣沒錯！」

4　小金大人的日文原文是キンちゃんさま。「ちゃん」跟「さま」都是接尾詞。

「嗚啊！別抓我的衣領！」

「都是我不好，因為我沒有勇氣，所以小金才會在外面、不對是在裡面養女人……」

「妳如果再勇敢下去誰受得了啊。」

亞莉亞在一旁貧嘴說。

「不、不要以為妳跟小金交往就可以這麼囂張，妳這個毒婦！」

白雪把我丟到地板上，接著拿出放在衣袖裡的鎖鍊鐮刀，朝亞莉亞丟了過去。

「交、交往！」

亞莉亞用左手漆黑的 Government 格擋，連槍帶手一起被鎖鍊纏住。

接著鎖鍊一緊。

兩人拼命互拉鎖鍊，臉上的表情十分用力。

「妳、妳在說什麼傻話！**戀、戀戀戀愛這種東西，我才不在乎呢！**」

不擅長談論戀愛話題的亞莉亞，臉頰飛也似地羞紅了起來，同時用娃娃聲大叫。

「戀愛那種東西，只、只是在浪費時間而已，我不想談，也不打算談！我也不會嚮往！從來沒嚮往過！也不曾嚮往過！」

何必否定三次？

「那小金是亞莉亞的什麼人？不是男朋友嗎！」

「我們不是那種關係——！」

亞莉亞喊到破音。

「金次是我的奴隸！只不過是奴隸而已！」

「奴、奴、奴隸……！」

白雪聽了臉色蒼白，目瞪口呆。

接著她腦中似乎冒出了什麼想像，臉頰又馬上變得火紅。

這傢伙也很忙啊。

「妳、妳居然……居然讓小金玩那種危險的遊戲——！」

「妳、妳妳妳、妳在說什麼傻話啊！不是那樣的啦！」

「就是那樣沒錯！我、我也在腦中想過要當小金的奴隸，所以我知道！」

「不是、不是、不是、不——是——！金次！」

驚！

亞莉亞用鎖鍊和白雪對峙，同時用紅紫色的眼眸瞪了過來。

有、有何貴幹？

「這個怪女人會跑出來，百分之百是你的錯！快點想辦法解決！不然我一定會讓你後悔！」

我已經在後悔了。

「……那個啊。喂……首先是白雪。」

「是！」

白雪聽到唱名，爽快地放開鎖鍊鐮刀，朝我正座好。

碰！

亞莉亞因為反作用力，摔得四腳朝天，我暫時無視於她。

「妳聽好。我和亞莉亞都是武偵，我們只不過是暫時組成小隊而已。」

「……是這樣嗎？」

「是的，白雪。你知道我的外號吧？妳說看看。」

「……討厭女人。」

「是吧？」

「還有廢柴。」

「那跟這沒關係！」

「好、好的。」

別把一些多餘的外號也扯出來。這樣會讓事情更複雜吧。

「所以，妳生這種莫名其妙的氣是誤會，也是沒意義的。而且我不可能跟這種像小學生一樣的矮冬瓜——」「開洞！」「——談什麼戀愛吧？」

我話說到一半亞莉亞突然插嘴，不過我照樣無視她。

反正她已經沒子彈了吧。

「可、可是……小金。」

嗯？

以順從為優點的白雪，難得回嘴。

「什麼？」

「那個……」

白雪用銀魚般的手指，指著我褲子的口袋。

前陣子，我玩夾娃娃機抓到的謎樣貓科動物——「Leopon」的手機吊飾就露在長褲外頭。

這個玩偶的尺寸有點大，把它和手機一起塞進口袋的話，有時候會從裡頭跑出來。

可是……這玩偶又怎麼了？

白雪的手指，慢慢移往剛起身的亞莉亞，指著她裙子的口袋。

在那邊，Leopon好像在打招呼一樣探出了頭和手。

「你們用**情侶吊飾**（pairlook）——！」

白雪大叫，接著「嗚哇哇哇」地，眼淚像噴水池一樣飛迸而出。

「情侶吊飾？」

亞莉亞似乎沒聽過這種帶著昭和風味的死語（註5），皺起粉紅色的眉毛。

---

5 即pair和look兩種單字拼湊而成，表示情侶或夫妻做一樣的打扮。現已很少人使用。

「情侶裝扮是兩情相願的人才會做的事情！這、這、這是我長久以來的夢想說！」

「就跟妳說了！我和金次不是那種關係！跟這種傢伙就算一皮克也不會有！」

（註6）

啊啊……

和平交涉又回到原點了。

那個皮克是怎樣。

「喂！白雪。」我面對白雪，抓住她的雙肩，凝視她的雙眼。「妳覺得我說的話不能相信嗎？」

我稍微嚴肅地說完，白雪用手背擦拭不停低下的淚水，同時說：

「不、不是。我相信你。相信你……」

她的態度軟化了下來，終於不是再三否定。

接著她哽噎地看了我和亞莉亞。

「那、那小金和亞莉亞還沒做過『那種事情』吧？」

她用稍微平穩的語氣質問說。

「那種事情是什麼？」

「接、接吻之類的……」

6　皮克，PG，十的負十二次方，一兆分之一公克。

接吻。

是嗎。

接吻是嗎？

「……」「……」

我和亞莉亞對望，同時石化。

亞莉亞像紅燈一樣滿臉通紅，啞口無言的嘴巴不停開合，並且瞪了我一眼。

喂、喂！別把回答權扔給我啊！

這個嗎——如果是從事實上看起來，那答案應該算是「接吻過」，可是那應該算是和理子戰鬥時的緊急措施，絕對不是戀愛感情的那種接吻。

「……親……過……了……吧……」

呢喃的白雪，瞳孔逐漸放大。

眼看表情逐漸從她的臉上消失，喉嚨的深處甚至發出「呼呼、呼呼呼、嗯呼呼呼」地空洞笑聲。

喂、喂！白雪！

現在的妳可是有年齡分級的。（註7）

7　為了保護未成年者，除了情色、暴力的東西以外，對太過恐怖的東西也會有年齡分級。

「那、那種事情，我們是做過了！」

另一邊的亞莉亞不知為何站了起來。

接著，她一口氣挺起無法集中托高的偽裝胸部。

「可、可是沒、沒、沒、沒問題的！」

沒問題？

「昨天我已經知道了！那樣做不、不、不——」

不？

「不會懷孕！」

接在亞莉亞的台詞之後，

……叮……

我彷彿聽見——

葬禮的敲缽聲。

……懷孕……什麼鬼啊……

亞莉亞用力把手交叉在胸前，雙腳與肩同寬，一副「怎麼樣！」的表情。

飄。

有一個形狀很像白雪的東西，從白雪的體內飄了出來。

「——白雪！」

碰！

白雪維持正座的姿勢，整個人向後倒下。

「亞、亞莉亞！妳幹嘛說什麼懷孕啊！」

「你……你這個不負責任的男人！在那之後我私底下可是一直在煩惱耶！」

「煩惱什麼啊！」

「因、因為小時候我父親說，要是接吻就會懷孕——」

該死——！

福爾摩斯家的各位！

女兒的性教育你們也好歹確實教導一下吧！

「接個吻怎麼可能懷孕啊！現在這種事情連小學生都知道！」

「怎樣、怎樣！那要怎麼做才會懷孕！你教我啊！」

「最、最好是可以教啦！白癡！」

「反正我看你也不知道吧！」

「我知道！」

「那你教我啊！」

「哪能教啊！豬頭！」

我倆面紅耳赤，不停相互逼近。

最後在雙方的額頭都快緊貼的距離下，大眼瞪小眼。

在我們這麼做的這段期間，

白雪不知何時回過了神來，不聲不響地離開了房間。

喂喂……

這到底是怎麼回事啊。

2彈　空手奪白刃

在那之後亞莉亞和白雪，兩人的情況可說是明顯不同。

以「凡事都要自行調查學習」為座右銘的亞莉亞跑到圖書館裡，從雄蕊和雌蕊的程度開始，針對生命的奧秘做了自修。最後，她似乎發現自己的性知識跟天動說一樣是個天大的錯誤。接著有一陣子，她一看到我就出現一些不可思議的舉動，例如滿臉通紅、僵硬不動等。但她似乎是屬於心情轉換很快的那一型，現在她又變回原本的任性亞莉亞，沒什麼事情就踩我、踢我、對我開槍。拜託饒了我吧。

另一方面……白雪則是很明顯在閃躲我們兩人。

在這之前，她總是不厭其煩地照料我的生活起居，然而和亞莉亞交手過後，她一看見我就會躲起來，有如充滿警戒心的小動物。

在這種日子下的某天午休。

「遠山，我可以坐這邊嗎？」

在喧鬧的學生食堂中，我正在吃漢堡肉定食，而亞莉亞正吃著自備的桃饅時，一位英俊動人的美男子向我們搭話。

這個露出溫柔微笑的傢伙，是強襲科的不知火亮。

是我們的同班同學，以前他常和我搭檔組隊。

武偵評等是A。這A有很多種類型，不知火在各方面的能力都很平均。不論是格鬥、小刀還是手槍的技巧皆可信賴。他的手槍是附紅外線瞄準器（LAM）的SOCOM（註8），這把槍也是信賴度相當高的武器。

不知火的托盤上放著培根蛋三明治，要把餐盤放到桌上時，稍微弄歪了我的托盤。他幫我弄好，同時不忘點頭致歉。真是個誠懇的男人。

……附帶一提，這位不知火很有女人緣。

這也不奇怪。畢竟他很有型。而且人品優良，在武偵高中實屬罕見。

但不可思議的是——在被亞莉亞纏上之前，我、不知火和武藤三人常混在一起度過放學後的時光——他似乎沒有女朋友。

「我聽說了，金次。快從實招來。敢逃走我就輾死你。」

一個刺蝟頭從另一邊把我的托盤推開，放下自己的餐盤。是武藤剛氣。

車輛科的能手，凡是和交通工具搭上邊的東西，從汽車到核能潛艇不管什麼都可駕馭自如，是一個交通工具宅男。

這傢伙為了保養方便，所以選了左輪手槍Colt Python當自己的配槍。彈數太少又不

8　德國H&K於1991年開發的自動手槍。在日本叫「SOCOM」或「SOCOM PISTOL」在美國的正式名稱為Mk.23 MOD0。電玩「特攻神諜」中，主角也使用這把手槍。

能裝滅音器，實在沒理由拿它來當武偵的手槍。（註9）

此外，武藤沒有女人緣。他人雖然不壞，不過實在太粗線條了。

「什麼從實招來？」

「金次你跟星伽吵架了吧？」

……這裡不虧是武偵高中。

情報，不，應該說是八卦傳遞的速度異常之快。

話說回來，武藤你幹嘛一臉不悅？

「星伽好像很消沉喔？你們怎麼了嗎？」

「我跟白雪沒怎樣啊……話說武藤。你看到白雪了嗎？」

「不知火今天早上看到她在溫室裡面做花朵占卜。」

「什麼花朵占卜？」

「那東西很普遍啊。」

不知火彎著美型眉毛說。

「我根本沒聽過。亞莉亞妳知道嗎？」

我一問，十二點鐘方向的亞莉亞搖搖頭，一副「我不知道」的樣子。

9　Colt Python，1956年科爾特公司開發的點357口徑的大型手槍，完成度相當優越，被奉為「左輪手槍界的勞斯萊斯」，最大裝彈數為六發。

粉紅色的雙馬尾長髮，像波浪鼓一樣晃動。

我順便說一下，亞莉亞目前正大口吃著桃饅，所以暫時很安靜。

「遠山一定也知道。就是一次拔一片花瓣，然後一邊說喜歡、不喜歡、喜歡……的那個啊。」

啊！原來是那個啊。

現在還有人在玩那種昭和時代的東西。

那位大和撫子真的是天然活化石啊。

「她好像發現我在看他，剛好第一節課的預備鈴又響了……所以占卜到一半就停了。我感覺她眼角好像有淚水喔？你們為什麼要分手啊？該不會是彼此之間的愛情冷卻了吧？」

亞莉亞讓桃饅哽到喉嚨，「嗚」了一聲。

……說什麼愛情啊。

小孩子會反應過度的。

「我說啊……為什麼事情會變得這麼複雜。我跟白雪本來就不是那種關係。我們只是普通的青梅竹馬。」

「青梅竹馬嗎？你選擇的蒙混方式還真是大眾化呢。八卦說神崎因為吃醋對星伽開槍。所以根據我的猜測，遠山和神崎的感情很順遂，最後兩個女生決鬥了。因為神崎在強襲科也一直把遠山的事情掛在嘴邊。而且看起來還很高興的樣子。」

嗚嚕嚕嚕嚕！

神崎・H・亞莉亞大小姐聽了滿臉通紅，一口氣把桃饅吞下後，

「你、你、你這個──變態！」

「嗚！」

不知道為何她一拳打在我的臉上。

喂！這太奇怪了吧。

要揍應該也是揍不知火。

「我先跟你說清楚。我把白雪趕走，不、不是因為吃醋。我和金次是夥伴。跟喜不喜歡無關。絕對、絕對、絕──對沒有關係。這是我發自內心的真心話！」

妳也不用這麼努力否認的啦。

「嘿，原來是這樣啊。那遠山，你跟星伽有破鏡重圓的可能性囉？」

「破鏡重圓是什麼意思啊，破鏡重圓。話又說回來了，不知火。你剛才說的那個，早上預備鈴響的時候，我在一般校區的走廊上碰巧遇到白雪，她沒打招呼就逃進女生廁所了。所以我想應該是你看錯了吧。還有要不要和好這件事情，我一開始就沒有問你個人的意見吧。」

「這麼說也是。抱歉啊。」

不知火露出像神父一樣的笑容，賠了一個不是後，沒有再繼續追問下去。

他將視線移開我，小聲對亞莉亞說：「金次的心情好像不太好呢。」

而武藤的表情很奇怪，看起來有事要問我，但又不能在這邊問的感覺。唉呀！武藤的表情奇怪不是一天兩天的事了。

「……對了，不知火。」

我不想再被問到白雪的事情，決定改變話題。

「亞特希雅盃你要做什麼？你沒有被選為選手嗎？」

所謂亞特希雅盃，是武偵高中一年一度的國際競技大會，以運動來說類似全國高等學校綜合體育大會或奧林匹克。

唉呀，不過跟和平的奧林匹克祭典不太一樣，亞特希雅盃有強襲科和狙擊科的比賽，全是一些充滿火藥味的競技。

「大概不會出賽吧，因為我是後補。」

「那就是活動幫手囉。你要做什麼？幫手一定要做事情吧？」

「我還沒決定耶。該怎辦呢。」

不知火嘆了口氣，氣息中充滿了倦怠感。如果是女生看到，可能會因此一見鍾情。

武藤則正好相反，滿嘴塞著炒麵麵包。麵包的一部分還從嘴巴裡跑了出來。

「亞莉亞要怎辦？亞特希雅盃。」

「我也不出賽。我有被選為手槍射擊競技的選手，不過我辭退掉了。」

「妳也是活動幫手啊。妳決定好要做什麼了嗎？」

「我只想跳閉幕典禮的**啦啦隊**。」

「**啦啦隊**……？啊啊，妳是說亞魯卡達嗎？」

亞魯卡達是義大利文的「Arma（武器）」和日文的「型（KATA）」所合成的武偵用語，是一種把小刀和手槍的演武，搭配啦啦隊風的舞蹈所編成的一種遊行。

武偵高中的女生肆無忌憚地把它稱作「啦啦隊」，一點都不會害臊。

「金次也一起來啊，你是我的夥伴。反正幫手不管做什麼都可以吧？」

「啊、啊啊……」

「武偵」這個職業的社會評價不怎麼好，所以表演的主要目的是要提升形象。

既然如此，外觀當然是越可愛越好，所以負責跳舞的都是穿著啦啦隊服的女生。

男生的工作是在後方的樂團演奏，相較之下顯得樸素許多。

「音樂嗎。我是不怎麼厲害，不過也不差啦……就去吧。」

「啊，遠山如果要參加的話，那我也一起吧。武藤也一起來嘛。」

不知火露出像涼風般的微笑，望著我和武藤。

你的牙齒排列得真整齊啊。

「樂團嗎。好像挺帥的。好！就去吧。」

武藤也決定參加。

這兩個傢伙總是這樣順其自然。

雖然我也沒資格說別人。

「……不過神崎，妳辭退選手資格實在太可惜了。這是眾所皆知的事情，妳知道嗎？如果有亞特希雅盃的獎牌，未來的出路會一片光明。可以推甄進武偵大學，找工作也會比較有利。還能以精英的身分進入武偵局，就連民間的一流武偵企業也全都任君挑選喔？」

「那種未來的事情怎樣都好。現在我有事情**必須要馬上去做**。我沒空去練習也沒空去參加比賽。」

必須要馬上去做的事情。

亞莉亞的這句話充滿了決心。

我大致明白，她指得是拯救自己的母親——神崎香苗女士。

為了救出蒙受不白之冤的香苗女士，亞莉亞必須去迎戰為數不少的真兇——前陣子交手過的「武偵殺手」理子・峰・羅蘋4世就是其中之一——未來也必須展開熾烈的逮捕戰。這是她所背負的命運十字架。

而身為夥伴的我也一樣如此。

在劫機事件中不幸被理子給逃脫，她是殺我大哥的兇手。

至少這件事情，我跟她總有一天必須要有個了斷。

而且理子說的那些話……聽起來殉職的大哥似乎還活著。雖然我覺得那是她為了讓我使出全力而編造的謊言，不過老實說我還是有些在意。

「亞特希雅盃根本不重要。」

亞莉亞接著說。她雙手抱胸，上半身向後彎。

「金次，現在你的調教比較重要。」

「……調、調教？你們兩個該不會在玩什麼奇怪的遊戲吧？」

武藤繃緊臉頰，看了我和亞莉亞。

「別跟白雪說一樣的話。還有亞莉亞……在別人前面妳好歹也說是訓練吧。」

「吵死了。你是奴隸所以是調教。」

剛才還說我是夥伴。

照著自己方便就把我降格成奴隸嗎。

「那妳說的調教，具體上來說是要做什麼？」

「這個嘛……嗯——首先是從明天早上開始，我們每天都要一起晨練。」

咦！

亞莉亞似乎臨時起意想到這個令我困擾的主意，接著口中呢喃：「嗯！這主意真不錯。」然後一臉滿意的表情。

該死！我真是自找麻煩。早知道就不應該聊亞特希雅盃的話題。

隔天早上7點。

昨晚亞莉亞亮出雙槍命令我，所以我照著她的吩咐，早起來到約好的地點。

「猜猜我是誰？」

亞莉亞從背後蓋住我的眼睛，我回過頭，瞬間沉默了下來。

好——

好可愛。

「真是的。你居然這麼簡單就被人繞到背後。真是太天真了。」

亞莉亞放鬆墊起的腳尖，雙手插在腰上。

身上穿的是啦啦隊服。

武偵高中的啦啦隊服，罕見地是以黑色為基調。

無袖上衣在胸部上方開了一個洞，裡頭可以窺見亞莉亞雪白的肌膚。平常那個洞應該要是愛心或星型，不過武偵高中的卻是子彈型，相當符合學校的風格。

我戰戰兢兢地往下看，裙子是基本款的露底槍（藏在裙下的手槍若隱若現。命名者by笨蛋武藤。）短裙。

「妳……這衣服是怎麼回事？」

「你看了還不懂嗎?‧這是啦啦隊服啊。你見識淺薄的程度也太誇張了吧?‧」

「唯獨妳沒資格這樣說我。還有，我剛才的意思是問妳為什麼要穿成這樣?‧」

「既然這樣你就說清楚嘛，吊車尾的。我調教你的這段時間要順便練習啦啦隊，所以才穿成這樣啊。同時間做兩件事情，才不會浪費時間吧?‧」

亞莉亞說著，一臉滿足地環視無人的四周。

這裡是武偵高中人工浮島的盡頭，通稱:「看板內側」。

位如其名，此處位於一塊巨大看板的內側。看板面朝彩虹橋懸掛，和後方的體育館之間，形成了一快細長的空地。

亞莉亞明明是轉學生，卻能眼尖發現這個平常沒什麼人的地方，拿來當作我的特訓場地。還打算順便做自己的事情。

「……那我呢?‧該做什麼?‧」

「咳!」啦啦隊亞莉亞故作姿態，端正身體後輕咳了一下。

這動作真的很孩子氣啊。

可愛是可愛，但同時也叫我有些急躁。

「在我心中你是S級的武偵。」

「只在妳心中沒錯。」

「不要隨便插嘴!」

亞莉亞把手伸到雙槍上，我為了生命安全只好保持沉默。

「強襲科的S級代表的意思是：『單人戰鬥力等同於一支特殊部隊中隊』。」

這太亂來了吧。

「你有那種才能，只要肯做就會成功。不過，你無法自由使用那股力量。所以最重要的是那個讓你覺醒的『關鍵』。」

亞莉亞教授得意地闡述。

她做夢也沒想到自己就是那個「關鍵」。

「因此我在劫機事件之後，調查了有關『雙重人格』的資料。」

雙重人格嗎？

呼呼呼。妳猜錯了。

爆發模式不是心因性的獲得形質。而是神經性的遺傳形質。

也就是說，它跟雙重人格八竿子打不著邊。

但是……我決定假裝一臉佩服，隨聲附和她。

「真的嗎？妳居然查得到！」

亞莉亞啊，今後妳就繼續朝錯誤的方向去研究吧。

「我在書上和網路上學了不少。我還頗有興趣的。你大概是因為年幼期的心理創傷而形成了另一種人格，而在戰鬥時的壓力會讓你的人格切換過去。」

「原來如此！」

「腳踏車遇劫和劫機的時候都是這樣。」

「的確是！」

「所以——第一階段的特訓，就是要讓你暴露在充滿戰鬥壓力的情況下。」

亞莉亞說完，冷不防從身後抽出短刀。

雖然穿成這樣，但她還是刀槍不離身。

「喂、喂！等一下！」

「幹嘛？手槍戰等一下會做，你不用緊張。」

「不是這個問題！妳用那種東西砍我，我會被妳分屍吧！」

「我說啊，你的腦袋裡面好歹也有一湯匙量的腦漿吧？稍微動點腦子啊。凡事都有流程吧？」

亞莉亞話語中夾雜著嘆息。這說法讓人有些火大。

「這訓練會利用一系列的流程，施加壓力讓笨蛋模式的你覺醒，然後反擊。」

「反擊……？」

「你還不懂嗎？真拿你沒辦法。我就專程分段說明給你聽，你可要一邊喜極而泣，一邊把耳朵挖乾淨仔細聽好喔？」

如果真有人會一邊喜極而泣一邊挖耳朵的話，那他八成腦子有問題。

「其一：處於笨蛋模式的你。其二：在戰鬥時覺醒。其三：當場反擊。這就是我思考的最理想流程。」

就這樣嗎？

一臉邀功的樣子，方法卻簡單到讓人覺得很蠢。

這樣她還自稱是那位名偵探夏洛特・福爾摩斯的4世，我想英國政府為了國家的名譽，應該去做一下DNA鑑定比較好。我是說真的。

「所以你該學會的技巧是反擊技。」

「反擊技……是什麼啊？」

「首先是空手奪白刃。」

亞莉亞說完，舉起了短刀。

「等——」

「一下」兩字還沒來得及說出口，

咻！

我的左耳旁就聽到一陣劃破空氣的聲音。

亞莉亞用快得讓人看不見的速度，揮刀砍中我的肩膀——

——前，她點到為止，停住了短刀。我完全看不清楚她的動作。

亞莉亞的動作颳起一陣風，一股有如梔子花般的熟悉淡香乘風而來。

「好。就照剛才的速度，你先在腦中想像五百次。限制時間10分鐘。」

亞莉亞用她紅紫色的眼睛，抬頭看了啞口無言的我。

「……想像？」

「對。你先照我剛才的速度，想像自己在空手奪白刃。你也可以像拳擊練打一樣，實際做出動作。」

亞莉亞說完，用行雲流水的動作將短刀收進背上的刀鞘內。

「也就是說……只是普通的想像練習囉？」

「還是你想要我現在讓你滿頭包？」

「好啦、好啦，我做就是了。」

我深嘆了一口氣，不情不願地開始想像自己在夾取亞莉亞的短刀。

亞莉亞看到我的動作，滿足地點頭。

「嗯嗯。聽話的金次是乖金次。乖孩子。讓媽媽蒙受不白之冤的伊・幽裡面，好像也有用劍的高手，而且對刀技巧是武偵的基本。你可要確實做好喔？」

她微笑，語氣就像以大姊姊自居一般。

要是被這傢伙當做小孩子，那就真是世界末日了。

「好，我開始倒數計時喔。9分59、58。」

「我在做、我在做。我正在做。」

「不要說廢話。罰你多加三十秒！」

這種亞莉亞規則是怎麼回事。

這傢伙就跟獨裁者一樣任性。

（……不過，唉呀……就陪她吧。）

我小嘆了一口氣。

姑且不管這是不是爆發模式的關鍵……

不過，我在先前的事件結束後就下定決心了。

我沒辦法變成正義使者。

不過——我至少可以暫時當她的同伴。

（亞莉亞想做的事情，就陪她做吧。）

我在內心告訴自己，然而這絕對不是因為她很可愛，或是我喜歡她之類的原故。

只不過單純是因為「決定好的事情就不再改變」的原則罷了。

所以我其他決定好的計畫——明年從武偵高中轉學到普通高中，變成普通人過普通的人生——也沒有打算變動。

我一邊思考，同時做著想像練習時……

亞莉亞從裙子內側拿出ｉＰｏｄ開始操作。

我斜眼瞧去……兼具觸碰式面板的小螢幕上，正在播放動畫。

動畫是啦啦隊——亞魯卡達的表演示範動畫。我照亞莉亞說的去報名參加樂團後，今天早上亞特希雅盃準備委員會也有寄相同的動畫給我。

「嗯……還挺可愛的。」

亞莉亞獨語，稍微走開了一些背朝著我……

颯！

颯、颯！

隨後，她突然跳起十分像樣的舞步來。

喂！這傢伙。

跳得還真不賴啊。

我對啦啦隊不感興趣所以也不是很懂，不過看著亞莉亞晃動粉紅色雙馬尾，同時翩翩起舞的樣子，就算外行人看起來，也會覺得她是一個厲害的啦啦隊員。

動作從普通啦啦隊的舞步開始。

接著加入武道的「型」，轉換成勇猛的動作。

不過就算如此，嬌小可愛的亞莉亞穿著啦啦隊服跳起來……還是很可愛。

亞莉亞把武器從短刀換成手槍，不停舞動身軀，接著將一腳高舉，當場使出單腳後空翻。

裙下是襯褲而不是內褲，所以她不覺得害羞，不過那不重要，這傢伙真的很厲害。

颯、颯、颯！颯、颯、颯！

亞莉亞拿著彩球，臉上還有露出燦爛的笑容。

平常她上翹的眼梢總是十分冷漠，現在她這樣就算笑容是裝出來的，你也會覺得它有兩倍的加乘效果。是什麼效果我不清楚就是了。

但另一方面……在練習啦啦隊的亞莉亞……

光用看的，真的會覺得她只是普通的女孩子。

就算她就讀普通的高中，也不會有人覺得奇怪吧。只會覺得她是一個隨處可見、有些嬌小、任性，同時精力充沛的女高中生。

「喂……金次？」

她突然停下舞步。

亞莉亞接著轉過身來，粉紅色的雙馬尾在空中飄動。

「你幹嘛一直看著我？很猥褻耶。」

亞莉亞把彩球放到自己的兩腰間。

接著她發現自己的裙子有些上移，用彩球拍拂整理了一下。

「——這可不是表演喔？」

事到如今她似乎覺得有些害臊，鼓起的臉頰有些羞紅。

「啦啦隊本來就是表演吧，就本質上來說。而且我也不想看妳。」

我剛才的確一直盯著她看，現在也覺得有些尷尬，避開了視線。

「那你幹嘛看這裡？」

「那是因為……我看哪裡跟妳沒關係吧。」

「……那倒也是啦。」

「……」

啊——

這氣氛是怎麼回事。

「對了，想像練習你有好好做嗎？再5分鐘就要開始用刀背練習囉？」

「刀背！」

那肯定會痛死人。

簡單來說，就是我要被金屬棒狂毆的意思。

「一開始我會慢慢來的，你不要這麼害怕嘛。不過，速度會慢慢加快就是了。」

亞莉亞臉上露出了一個十分邪惡的笑容。

「痛死我了……」

我撫摸放學後依舊刺痛不已的腫包，走出偵探科的校舍。

畜牲。虐待狂亞莉亞。就算是用刀背，出手也未免太狠了吧。

我感覺自己似乎忘了幾個英文單字和歷史年號。

「金──次！」

亞莉亞在晚霞中跑步靠近。

她似乎又在偵探科大樓前面埋伏我。

「我先說好，放學後我可不要訓練。我要做一般科目的功課。」

「我什麼都還沒說吧？」

「還有我也不回強襲科。要我回那種去死去死團，那我寧可不當妳的夥伴。我在明年轉學前，要在偵探科和平度日。」

「我什麼都還沒──說。」

亞莉亞把我帶刺的聲音當作耳邊風，朝著公車站牌走去。

接著，回頭露出向日葵般的笑容。

「不過明天的晨練還是要繼續喔。」

……唉！晨練我就陪妳吧。

畢竟我是妳的夥伴。

而且如果連續否定三次，她肯定會在我身上開洞。

「你知道嗎，金次。今天在強襲科我們練習了反制飛刀的技巧──」

亞莉亞開始喋喋不休，愉快地說著一些我不感興趣的可怕話題。看得出來她最近很高興。

理由很明顯。

因為我的舉止還馬馬虎虎算得上是一個夥伴。

就像名偵探夏洛特・福爾摩斯身邊有約翰・H・華生一樣，亞莉亞的一族——福爾摩斯家的人，身旁要有夥伴才能發揮自身的實力。

因此，過去是「獨唱曲」、形單影隻的亞莉亞，不停在尋找夥伴。她跑遍了全世界（這不是比喻，真的是全世界）。

最後，她終於在東京武偵高中找到了。

就是爆發模式下的我。

這個夥伴平常雖然無法發揮那股力量，但至少能夠配合身為天才的她。

「嘿！金次。」

「幹嘛？」

「呵呵，沒事。」

「妳很煩耶。」

她走在路上常會像這樣突然轉頭確認我的存在，然後再飄動水手服的裙子轉回前方繼續行走。這讓我有些厭煩。

「我說妳啊，除了我以外不打算再找夥伴嗎……？至少再找兩三個同伴組成小隊比較好吧？」

然後，我希望那些傢伙可以變成這小鬼的監護人。

「我不需要同伴，因為我不擅長和大家共事。」

這我知道。

「而且我一個人就可以戰鬥了，只要有一個可以跟得上我步調的夥伴就好。只要好好把你調教起來就夠了。有你就行了。」

畜牲。這表示我還要繼續照顧這傢伙。

這個事實讓我開始……

「……我的頭開始痛了。都是因為妳猛打我頭的關係。」

「吃個阿斯匹靈吧？」

「我頭痛或感冒的時候，只會喝大和化藥的『特濃葛根湯』。」

「特濃？那是什麼意思？」

「就是把天然藥物成分加以濃縮的意思。裡頭有葛根和麻黃之類的中藥材。」

「你是老人家啊。那你記得要喝啊。明天你又會滿頭包了。」

「剛好我現在喝完了……那東西只有阿美橫丁（註10）的藥局有賣。去那邊挺麻煩的。那家店剛好在上野和御徒町的中間，不管從哪個車站去都很遠。」

10　地名，類似台灣的傳統市場。

「金次！」

亞莉亞在教務科前面突然停下腳步。

她果然沒在聽我發牢騷。

「你看這個。」

「……啥啊？」

我看了亞莉亞手指的佈告欄。

「學生呼叫　2年B班　超能力搜查研究科　星伽白雪」

白雪被叫到教務科了。

……這還真是稀奇啊。

偏差值75的優等生，同時又身兼學生會長、園藝部長、手工藝部長和女子芭蕾部長，生活態度撇開襲擊亞莉亞事件不談，更是完美模範生的白雪……居然被叫到教務科來。

「亞莉亞。上次白雪襲擊妳的事情，妳是不是跑去跟學校說了？」

「——我可是貴族耶。」

亞莉亞用紅色眼眸睥睨視我。

「我沒有那麼卑鄙，那種私底下的事情我才不會跑去跟老師告狀。就算先找碴的是對方。別瞧不起我。」

喔喔！

以亞莉亞來說，這真是值得讚許。

我稍微感到佩服。一旁的亞莉亞把小巧的手指放到嘴邊，短暫思考後，

「金次，這是疏遠那個暴力女的好機會。」

她把自己的暴力性束之高閣——應該說是束之天際——從我下巴處抬頭上望。

「我要調查這件事，抓住那傢伙的弱點！」

妳剛才好像說貴族不會做出卑鄙的行為是吧？

「弱點……為啥啊？白雪在那之後就沒過來了吧。」

「有好不好！」

誒？

「最近我一個人的時候，不管在哪都會覺得門外好像有人，或者是有人在暗處監視我，電話好像被人竊聽一樣有時候會斷線——」

…………

「在一般校區經過走廊的時候，會有人潑我水，或者是用吹箭暗算我，有時候我還會掉進洞穴陷阱裡！」

……喂喂……

「還有人送了一封信過來，上面寫著：『小偷貓！』旁邊還附了插畫。」

這還挺可愛的。

「——總之！我一直受到那女人的騷擾！金次居然都沒發現，實在有夠遲鈍！無能的傢伙！」

「原來是這樣啊……」

「那樣也就算了。」

……也就算了？

「上次我打開女子更衣室的櫃子，居然有人在裡面裝了鋼琴線！對方知道我、那個，基於體型上的理由，我不進到櫃子裡就拿不到衣服，那個人還故意裝在我脖子的高度！」

這真是……笑不出來了。

小不點亞莉亞要是進到櫃子裡頭，肯定會見血。

那種兇惡的陷阱，可是要強襲科三年級或是諜報科才學得到。

「金次。白雪人現在在裡面，我們一起……」

亞莉亞怒氣沖沖，對著顰眉的我——

下了一個相遇至今最恐怖的指示。

「潛入教務科！」

東京武偵高中危機四伏，是一間十分危險的高中，但其中還有被稱為「3大危險區域」的恐怖地帶。

強襲科。

地下倉庫。

然後是教務科。

不過是教師聚集的教務科，怎麼會危險？

答案很簡單。

因為武偵高中的教師，各個都是危險人物。

這也不奇怪。只有不正常的大人，才能在這種不正常的學校當老師。

光從我了解的部分來看，那群從世界各地群聚一堂的教師們，經歷不問還好，一問叫你嚇破膽。有些人上一份工作是特種部隊、傭兵、黑手黨或是傳聞中的殺手……云云。

當然偵探科和通信科的教師裡頭，也有比較正常的人，不過很遺憾那只是少數派。

「金次。我手碰不到。你抱我上去。」

用氣音吩咐的亞莉亞大小姐，與身為奴隸的我……

現在正要潛入虎穴——教務科當中。

「……好好。」

唉，要是拒絕亞莉亞的話，她肯定會賞我滿頭包，然後在我身上開洞吧。

既然這樣，那我寧願選擇會一口氣殺了我的教師們。

基於這種可悲的理由，我已經抱著自暴自棄的心情了。潛入教務科的走廊後，我準備讓亞莉亞的手摸到天花板上的通風口。

要是用抱的，她大概又會說我強制猥褻之類的，所以我就像抱小孩一樣，兩手抱住她的腋下把她往上舉。

「來。好高、好高喔。」

「開洞！」

我自暴自棄，順便用氣音說。

穿著黑色過膝襪的膝蓋，灌進了我的心窩。內凹了十公分左右。

「……嗚……嗯…喔……！」

亞莉亞無視我的呻吟，用拉單槓的要領爬進天花板內。襪子和裙子之間的肉色地帶（武藤好像說這部分叫做「絕對領域」）通過我的眼前時，她突然踩著我的頭爬進通風口。

亞莉亞拉了我一把，我也跟著爬上了通風口，接著左右左右地匍匐前進。

主人拖著雙馬尾，穿著裙子爬在我前方，讓我略為感覺危險，深怕會進入爆發模式

——不過幸好通風口裡頭很暗。別說裙子了，就連「絕對領域」都看不清楚。

左右、左右。

左右、左右。

往前一看……

左右、左右、左右、左右、左右！

亞莉亞匍匐前進的速度異常之快。

等到亞莉亞在轉角要轉彎時，我好不容易才追上她。

「亞莉亞。」

「嗯？」

「妳匍匐前進的速度真快。」

「我很擅長啊。我是強襲科的女生裡面速度最快的。」

「我想也是。」

「為什麼？」

「因為沒有東西阻礙妳前進。」

「什麼東西？」

「胸部。」

蹦！

從轉角方向，亞莉亞一記袋鼠踢灌進了我的側頭部。

又內凹了十公分。

我們找到了白雪。

找她的老師把她帶進了教師研究室。

我們在狹窄的通氣口內，窺視房間內部。

偷窺的時候，亞莉亞和我的頭都快要貼在一起。

這種不知算不算得上是肢體接觸的動作……要是惹亞莉亞不高興或是生氣，我也會很尷尬。所以我把頭稍微挪開，斜眼看了亞莉亞一眼。

自通風口射入的燈光，照亮了亞莉亞的側臉。在如此近距離下……

——啊啊！

該死！

真是可愛得叫我咋舌啊。

雖然承認這一點會讓我很火大，但亞莉亞的五官真的很可愛。

就像人偶一樣端整，同時表情也很豐富。

不論是喜是哀，或是像現在這樣集中的表情，都像好萊塢的童星一樣擁有扣人心弦的魔力。這太卑鄙了吧。

「星伽……」

一個聲音叫了白雪。以女性的聲音來說，這聲音較為低沉。

研究室內，2年B般的班導——審問科的綴老師，正翹著穿著高筒長靴的腳。

白雪坐在她對面的椅子上，微低著頭。

「妳最近成績突然變差了耶……」

綴「呼」一聲把口中的煙吐成圓形，她在室內還是一樣披著全黑的外套。

那邋遢的外套穿法，就像漫畫裡頭出現的邋遢博士的白袍一樣。放在腰際的黑皮槍套裡的漆黑手槍——葛拉克（GLOCK）18清晰可見。

綴是教師當中位居第一位的危險人物。

首先，她的眼神總是很鎮定。好像一整年都嗑了藥一樣。話說回來那個香菸，味道很明顯和市售的東西不同，在日本國內抽真的沒問題嗎？

綴用帶著黑皮薄手套的手，把香菸（？）壓熄在菸灰缸裡。

「啊……唉呀，讀書怎樣都不——是重點啦。」

喂，老師不應該說這種話吧。

難怪武偵高中的平均偏差值都低於50。

「那——個嘛……嗯……那個……啊，變化。我比較在意妳的變化。」

連這麼簡單的單字都會忘記，讓人不驚擔心起她腦部的狀況。綴的額頭上彷若寫著

「無精打采」四個字，不過其實她在某一分野上是相當能幹的可怕武偵。審問。

這項技巧方面，她是位居日本前五名的高手。

不知道她是怎麼做的，但只要被綴審問過，就算再嘴硬的罪犯都會全盤招供。而且之後他們腦筋還會變得不正常，把綴奉為女王或女神。

綴甩頭，晃動烏黑的短髮。

「吶——我就開門見山地問妳。星伽，那傢伙該不會——跟妳接觸了吧？」

「老師是說魔劍嗎？」

聽到白雪的回答——

亞莉亞的柳眉抽動。

魔劍。

這個名字在宣導郵件裡頭有出現過……我也有記憶。

他是一個專門以超能力武偵——「超偵」為目標的誘拐魔。

但早已有傳聞，魔劍的存在根本是子虛烏有。

這是因為從來沒有人看過他。現在大多數的人認為：或許那些被認定是他誘拐走的超偵，其實是在其他案件中失蹤。

他的存在就像都市傳說一樣，現在已經沒人會認真去應對。

實的情報反應過度，才會命令她雇用保鑣吧。

白雪真是可憐。被大人這樣擺弄，肯定很困擾吧。

當我嘴巴扭成「ㄟ」字型時……

匡啷！

亞莉亞用拳頭撞開了通風口的蓋子。

「等……！妳！」

我握住她上衣的衣襬想要制止她。亞莉亞踹了幾腳把我踢開後，從通風口跳了下去，裙子華麗翻起的同時跳進了室內。

白雪和緞瞪大了雙眼。我也一樣。

從這裡雖然看不到，不過剛才裙子翻起的幅度是不是出局了？唉呀，什麼東西出局我是不知道啦。

「——那個保鑣，由我來當！」

亞莉亞落地瞬間說出的台詞，讓我驚訝之餘下意識探身出去——

「他沒有跟我接觸。而且……假設真的有魔劍這個人，他也會去找更厲害的超偵，不會盯上我吧……」

「星伽，不要妄自菲薄。妳可是我們學校的得意門生喔——？」

「沒、沒這回事。」

妹妹頭瀏海下，白雪的視線羞澀低伏。

「星伽，我已經說了好幾次，妳快點找保鑣來保護妳吧。諜報科提出的報告上說，魔劍盯上妳的可能性很高。超能力搜查研究科也預言過類似的東西吧？」

「可是……保鑣……那個……」

「啥魔（什麼）？」

綴撕了一張類似英和字典的紙，把奇怪的草葉捲在裡面，接著用口水把它黏住，同時說。

「我想要照顧青梅竹馬的生活起居……如果有人一直在我身邊的話，那個……」

「星伽，教務科很擔心妳喔。再過不久就是亞特希雅盃，會有一堆外部人士進到校園裡來。至少那段期間，妳要找一個能幹的武偵——當妳的保鑣。這是命令。」

「……可是，魔劍原本就是不存在的罪犯……」

「這是命令！這件事情很重要，所以老師說了兩次。再說第三次會很可怕喔。」

綴在香菸上點火，呼一聲將煙吐到白雪的臉上。

喂！綴。

妳要怎麼抽都沒關係，如果白雪又變得更蠢了那該怎辦。

「咳！好……好的。我知道了。」

煙霧讓白雪瞇起雙眼，最後她終於點頭答應。

（……）

從剛才的對話當中，我知道白雪為什麼會被叫來了。

最近學校警告身為超偵的白雪，說她有可能會被「魔劍」盯上。

因此，教務科命令白雪雇用保鑣。

但是白雪卻一直拒絕這項命令。

……這原因，其實我多多少少可以理解。

武偵高中常對學生發出這種警告。

但是——幾乎沒有人會跟警告說的一樣，受到襲擊。

超能力搜查研究科的預言本來就很可疑，諜報科的假情報也是出名地多。而且，敵人還是那個就連是否存在都不確定的魔劍。

簡單來說——

這是教務科的**過度保護**。

優等生白雪是教務科所期待的明日之星，所以不能讓她遭逢不測。因此他們對不確實的情報反應過度，才會命令她雇用保鑣吧。

白雪真是可憐。被大人這樣擺弄，肯定很困擾吧。

當我嘴巴扭成「ㄟ」字型時……

匡啷！

亞莉亞用拳頭撞開了通風口的蓋子。

「等……！妳！」

我握住她上衣的衣襬想要制止她。亞莉亞踹了幾腳把我踢開後，從通風口跳了下去，裙子華麗翻起的同時跳進了室內。

白雪和綴瞪大了雙眼。我也一樣。

從這裡雖然看不到，不過剛才裙子翻起的幅度是不是出局了？唉呀，什麼東西出局我是不知道啦。

「——那個保鑣，由我來當！」

亞莉亞落地瞬間說出的台詞，讓我驚訝之餘下意識探身出去——

「嗚……嗚喔！」

我身體滑落，朝著正下方的亞莉亞摔了下去。

「嗚喔！」

「呀！」

亞莉亞頓時被壓扁成了仙貝，但她很快就將我推開。

「金、金金、金次！別在這種地方耍呆好——呀！」

亞莉亞紅著臉大罵。話說到一半，綴像在抓小貓一樣把她給拎了起來。

剛起身的我也被綴抓住領口提了起來，接著碰碰兩聲。

我和亞莉亞一起被丟到了牆邊。

這是什麼怪力，綴。

「嗯？——這兩個是什麼？」

綴蹲下看我和亞莉亞的臉。

「啥啊。這兩位不是上次劫機事件的情侶檔嗎？」

接著她吸了一口香菸，嘴角浮出莫名的淺笑，眼睛看著斜上方，扭動頸關節發出聲響。這……傢伙相當危險。還有這個動作。

還有別說我們是情侶檔。

「這一個是神崎・H・亞莉亞，使用兩把 Government 手槍和兩把短日本刀。外號是

『雙劍雙槍』。活躍於歐洲的S級武偵。不過——妳的功勞，在資料上全部被倫敦武偵局寫成是自己的業績了。因為妳缺乏協調性。蠢貨。」

綴抓住亞莉亞一邊馬尾的根部，看著她的臉，流暢地說出對方的基本資料。

「很、很痛耶！我不是蠢貨。貴族對自己的功勞不會自誇。就算別人要把功勞吹噓成自己的，貴族也不會去否認他！」

亞莉亞不畏懼詭異的綴，齜牙回答道。

「嘿——這身分還真是吃虧啊。好險我是平民老百姓。說到妳的缺點……對了，妳不會游……」

「哇啊——！」

綴說到一半，亞莉亞揮動雙手，大聲地打斷了她的話。

而且還突然滿臉通紅，口中不停哇哇大叫。

不會什麼？

「那那、那根本不能算是弱點！只要有游泳圈我根本不怕！」

原來如此。

亞莉亞妳不打自招了。

白雪因為莫名的突發狀況有些茫然恍神，腦筋似乎轉不過來，不過我可是聽得很清楚。

妳——**不會游泳嗎？**

哈哈！我聽到一個很棒的情報。

綴，GOOD　JOB！

「另外——」

綴放開慌亂的亞莉亞，朝我瞪了過來。

這時，我正在想像亞莉亞在兒童池溺水的樣子。

「這一個是遠山金次。」

「啊——我原本不想來，是亞莉亞硬把我……」

「性格孤僻。常會刻意和他人保持距離。」

綴一邊回想一邊敘述，看來她的腦中似乎有全體學生的檔案。

「——但是，很多強襲科的學生都敬你三分，可見你具有一種潛在性的領袖魅力。解決的事件……有青海的尋找迷路小貓，還有ANA600號的劫機事件……對吧。為什麼你處理的案件這麼極端啊。」

「請不要問我。」

「武器是非法改造的貝瑞塔M92F。」

驚！

「不只可以三連發，還能夠全自動射擊，通稱金次樣式對吧？」

「啊——不是……那把槍在上次的劫機事件中被弄壞了。現在我的槍是美軍轉讓的便宜貨，勉強湊合著用。當然是合法的。」

「嘿嘿——你不是跟裝備科預約好要改造了嗎？」

嚇！

「好燙！」

綴露了一手笑著生氣的絕活，把香菸壓在我的手上！

太、太反常了。雖然只是一瞬間所以沒有燙傷，但是老師居然用菸頭燙學生。

話又說回來，真是該死！什麼事情都瞞不了這個傢伙。

「那麼？妳剛才說的那個是什麼意思？要當保鑣？」

亞莉亞在綴的黑色短髮前，快速站起。

「就是字面上的意思。白雪的保鑣，全天候二十四小時，我免費接下了！」

「喂、喂！亞莉亞……」

為、為何妳會想要當白雪的保鑣？

明明妳最有可能攻擊白雪的說。

我用眼神示意，但亞莉亞的意志堅決。

「……星伽。我不知道是怎麼回事，不過這位S級的武偵好像要免費護衛妳喔？」

綴飄動黑色外套的衣襬，轉身問白雪。

「我……我不要！我討厭亞莉亞一直待在我身邊！」

白雪妹妹頭瀏海下的眉毛翹起，反應跟我預期的一樣。

「──妳不讓我當妳的保鑣，我就對這傢伙開槍！」

嚇！

亞莉亞突然從深紅色的裙子下，拔出白銀色的Government，抵住我的太陽穴。

喂、喂！武偵法第九條！第九條！

武偵不可以殺人喔，亞莉亞小姐！

「小……小金！」

白雪用雙手摀住嘴，神情慌張。

亞莉亞露出邪惡的笑容，笑容似乎在說：跟我預測的一樣。

「呼──原來是這樣啊。原來妳們是這種關係啊。現在勒？該怎辦啊，星伽？」

綴打趣地看著眼前的狀況，嘴角竊笑。

不是這樣的吧。

妳應該阻止亞莉亞，至少叫她把手槍放下。

「我、我、我有一個條件！」

白雪雙手朝下打直，緊閉噙淚的雙眼大叫說。

「小金也要當我的護衛！一樣是二十四小時全天候！」

她的淚聲，在綴的研究室內迴盪。

「我、我、我也要跟小金住在一起！」

我的身體裡面……

飄～

有一個跟我長得一模一樣的白色物體飄了出來。

3彈　籠中鳥

保鏢對武偵而言，是十分常見的工作之一。

貼身保護的對象通常是政治家、知名人士、公司董事等ＶＩＰ或其小孩，但有時生命受到威脅的武偵，也會請求其他武偵的保護。

而這種工作通常會住到對方家裡……不過在這次的委託人也就是白雪的強烈希望下，反而是她住到我的房間裡來。

唉呀，我本來就沒打算住進四處都是爆發模式地雷的女生宿舍，所以這樣一來也算還好……

然而她在委託的隔天就搬了過來，這點又另當別論了。

「武藤同學，真的免費嗎……？至少讓我付油錢……」

「不用、不用！您不用客氣，這種小事情只是舉手之勞而已。」

武藤開著車輛科的輕卡車，載了白雪過來。明明是同輩不知為何他卻對白雪用敬語。接著他下車，用快到叫人覺得噁心的速度，開始卸車上的行李。

……武藤是這麼勤勞的傢伙嗎？

「那個……不過如果我沒記錯的話，這裡應該是第3男生宿舍吧？」

「啊……對。」

「您要把空房當成置物間之類的……是嗎？如果是這樣您要把它們搬回女生宿舍的時候，儘管叫我一聲不要客氣！然後……在那之後，我看那個……我們去喝個小茶或吃個飯——」

「啊！小金！」

白雪看到我從宿舍大廳走了出來，表情瞬間開朗了起來。

話說到一半的武藤看了白雪，看看我，又看看白雪，刺蝟頭上浮出了問號。

「金……遠山？」

「那、那個武藤同學。我從今天開始要住在小金……遠山同學的房間。」

「——金、金次的房間？」

「我是先聲明，這是工作。我被迫要當白雪的保鑣。都是亞莉亞的關係。你可不要到處去跟人家說。」

我說明完，武藤張大嘴啞口無言。

……那是什麼反應。

無言的人應該是我才對。

因為我往後必須跟兩位一觸即發的怪獸女同居。

我回到依舊是戰場遺址狀態的房間內，看見亞莉亞在客廳窗戶旁不知道在做什麼。

我皺眉頭一看，她正在裝設購買部販售的紅外線探測器。

「妳在做什麼？」

「看就知道了吧？我要把這個房間變成要塞。」

「不准變！」

「有什麼好驚訝的，虧你還是個武偵。在保鑣任務裡，這種東西是基礎中的基礎。我要先裝一堆警報器，這樣才可以知道有敵人接近委託人。剛好這裡很多東西都壞了，這樣辦起事來比較方便。」

「是被妳們打壞的吧。」

「ＯＫ。再來是天窗。」

亞莉亞漂亮地無視了我的抗議，伸手想把探測器裝到架子上方的窗戶上。但身高只有１４２公分的她手摸不到。只見她「嗯——嗯——」地勉強自己拉長手，結果架上的鐵盆掉了下來，直接砸在她的頭上。活該。

這時玄關方向傳來聲音，

「打、打、打擾了……」

白雪結結巴巴地說著，同時走進了屋內。

她脫下武偵高中指定的扣帶鞋整齊排好後，晃動漆黑有光澤的長髮，彎下了腰來。

她深深鞠了一個九十度的躬。

「今、今天開始我會在這裡受你的照顧。我叫星伽白雪！」

我知道。

「小、小女子不才，請多多指教。」

「我說……事到如今妳在緊張什麼啊？」

「啊……我一想到要住在小金的房間，就會覺得緊張……」

白雪露出靦腆的苦笑。

還緊張勒。

妳上次還在這邊揮舞日本刀吧。

「那個，我想趁搬過來的時候，順便打掃這裡。畢竟是我把這邊給弄亂的。」

白雪邊說邊走了進來，突然……

……目光一瞪。

她翻白眼，瞪著正在廚房窗戶旁裝設監視器的亞莉亞。

「呼呼！還有一個『巨大垃圾』也要順便處理掉。」

白雪恢復平常的笑容轉過頭來，用有如鈴鐺的輕脆聲音說。

……我不予置評。

我心裡這麼想，但我突然想起裝在亞莉亞置物櫃裡頭的殺人陷阱，

「……妳可不要用鋼琴線喔？」

我姑且提醒她一聲說。

白雪聽到後，長睫毛的雙眼露出驚訝的神情。

「鋼琴線？那是什麼？」

……還在裝傻。

不過算了，這兩個傢伙的戰鬥我還是不要太介入比較好。

這一切都是為了我這條寶貴的性命著想。

白雪跟某位只要和家事沾上邊的事情就完全不碰的貴族大人不一樣，她家事技能方面已經是神的領域。

房間亂成這樣，我根本連整理都嫌懶了，白雪卻花了不到三小時的時間，勤快地從屋內清出垃圾，接著用吸塵器俐落地吸地板，還把牆上和地板的彈孔用油灰給補好，最後重鋪了一張地毯。大致上來說，房間在打掃過後已經變得很整潔了。

收尾的時候，她甚至還把一盆用滿天星和撫子花插成的插花，裝飾在我房間裡。

「……厲害……」

我呢喃著，同時把從宿舍大廳搬上來的梧桐櫃擺到牆邊。這是白雪的行李。

剛才我原本想幫白雪打掃，結果她卻說：「不能讓小金做這種事情！」搶走了我的工作，所以我能做的只剩下這種粗活。

……這時。

亞莉亞看到白雪進到廚房後，跑到我的身邊來。

「金次。你起碼也檢查一下這個櫃子吧？看一下有沒有危險物品。」

「危險物品？這是白雪的東西呢。」

「在搬運途中可能會被別人動了手腳吧？」

「我說妳啊……妳這樣叫做疑心生暗鬼。」

「武偵憲章第七條：凡事要做最壞的打算，樂觀去行動。我待會要去陽台設警戒線，抽不開身。你要是不仔細調查，待會我們就要舉辦『開洞祭典』了。」

那種危險的祭典是什麼鬼。

「……好啦、好啦。」

「好只要一聲就夠了！」

亞莉亞手拿工具箱走到了陽台外，我目不轉睛地瞪著她離開。

沒辦法，就姑且檢查一下櫃子的四周吧。

……當然，外部沒有任何的危險物品。

我拉開抽屜，裡頭放有化妝品類的東西。

接著我又拉開另一層的抽屜——

「……？」

裡頭放了許多小布塊，不知道是什麼東西。

每塊布都摺得蓬鬆端整，就像放在盒子裡頭的糕點一樣整整齊齊。有些布上頭還有一個小蝴蝶結。

「……？」

寫著「普通」和「決勝」的白木牌子，把布塊分成了兩區。「普通」的都是純白色。「決勝」的全都是黑色。

「決勝」？

也就是說，這是一種武器囉？

如此心想的我，伸手抓起其中一條怪異的布塊，端詳了一下。

從光澤上來看，這塊黑布的材質是百分之百純絲，上面的線跟繩子一樣細。布狀的三角形部分，是華麗的編織花邊。

我將它左右攤開來一看……

「——！」

磅！

我將那塊黑布塞回櫃子內，關上抽屜。

危險物品……

真的有。

正確來說，對我而言那是危險物品。

那層抽屜裡頭的布塊，全部都是內褲的樣子！

而且類型恐怕還是——大哥在世的時候有教過我，所以我知道——性感丁字褲、低腰內褲之類的成人性感內衣。

白、白雪那傢伙。

平常總是端莊又彬彬有禮，一副大和撫子的樣子……私底下居然穿那種內褲嗎？

這麼說來，之前我有一次不小心看到她的胸口，她也是穿不像優等生會穿的黑色內衣。

糟、糟糕！

不可以，金次！

如果你因為那種東西進入爆發模式……那不就跟變態沒兩樣了嗎！

「啊……小金麻煩你了。還讓你搬我的櫃子。那是我的東西，應該我自己搬才對……」

身後突然有人說話，我嚇了一跳轉過頭去。

白雪不知道什麼時候走到我身後，慌忙把奶油色的連指手套脫下。她在制服上面穿了一件花邊圍裙，打掃完之後她似乎想要做飯的樣子。

「啊！不、不會。沒關係的。至少粗重工作妳就讓我幫忙吧。」

「謝謝，小金……小金果然是很有力氣。畢竟是男生嘛。」

看來白雪似乎沒看到我剛才的行為，開心地瞇著雙眼。

那件圍裙和裙子——

突顯了女性優美的腰圍曲線，我的視線不自覺被吸引過去。

白雪和未發育的亞莉亞不同，比例早就超越高中生該有的水準。這件事在暗地裡相當有名。

班上有一群笨蛋曾經偷看過女生上游泳課的樣子，根據他們的說詞，白雪的泳裝造型，簡直可以媲美寫真女星。

糟、糟糕！

我的腦中快要浮現出白雪穿上剛才那條「決勝」內褲的樣子。

如果做出那種想像，就算她是我青梅竹馬，我也會照樣出局。

我如此心想的同時，焦急地開口說：

「……啊……那個啊。保鑣的工作就暫時交給亞莉亞一下。我要去外面一趟。」

「誒！你要去哪裡？」

「就、就外面啊。去哪都沒關係吧。」

「啊……好的！抱歉問了多餘的問題。真的很抱歉！」

我想早一步從這裡脫身，語氣稍微急躁了些，白雪聽了慌忙鞠躬道歉。

呼，好險她是順從型的女生。在這種時候真是得救了。

我也沒什麼想去的地方，所以就決定到學園島上唯一的家庭餐廳——「ROXY」去打發時間。

我用手機聽著要在亞特希雅盃的閉幕典禮上表演的亞魯卡達的曲子……

「喂——！」

碰！

一個嬌小的拳頭，突然賞了我一拳。

我拿下耳機同時抬頭，亞莉亞雙腳與肩同寬，站在桌子旁。

「你在這摸什麼魚啊，金次！」

「這是因為那個……有一些原因。妳又為什麼跑出來？」

「我是出來買東西順便來抓逃兵的。我可是有正當理由。」

亞莉亞從裙子裡頭拿出兩副手銬。

這兩副純銀製的手銬上頭刻著類似拉丁語的咒文，是對付超能力者專用的物品。

之前我在購買部有看過，不過昂貴的價格讓我望之卻步。妳連這種東西都買了嗎？

「抓逃兵勒。那保鑣的任務就丟在那裡嗎？」

「看守的工作我交給蕾姬了。」

「蕾姬？」

「我拜託她的。請她從遠距離保護你的房間。」

亞莉亞坐到我對面。

蕾姬。

姓氏不詳。

光從這點來看她已經十分詭異，再加上她又像機器人一樣，沉默寡言、面無表情、缺乏情感。前陣子她曾和我們一起解決公車挾持事件，是狙擊科的學生。

在能力方面，打從一年級入學開始她就是S級的天才兒童；但她常常整天雙手抱腿坐在學校屋頂上，或是戴著大耳機在聽一些奇怪的音樂，思考模式比亞莉亞還要難捉摸。

……蕾姬也被捲進來了嗎。

她來看守嗎？我總覺得她一直用狙擊鏡瞄準白雪。

「只不過是Part Time而已。她好像要代表日本參加亞特希雅盃的狙擊競技比賽，所以沒什麼時間，能幫忙的時間很短。而且狙擊手本來就不適合當保鑣。所以，基本上必須要由我們兩個人好好保護白雪。哈囉、哈囉？你有在聽嗎？」

「別、別拉我的耳朵！我只是在想蕾姬的事情而已，我有在聽。而且……

根本沒有人盯上白雪吧。妳要雇用誰都隨便妳。」

「你認真一點好不好！金次。這可是正式的任務喔。」

「對了，我問妳。為什麼妳會突然說要當白雪的保鏢？」

我有一點惱羞成怒，丟出了這個我從昨天開始就一直抱持的疑問。接著亞莉亞——

眨、眨眨眨、眨眨。

開始左右眼不停眨動。

——眨眼信號。

武偵之間要傳達不可讓第三人聽到的重要情報時，所使用的信號。

我解讀那個像摩斯密碼般的訊息……

——魔劍的、竊聽、危險？

什麼跟什麼啊。

亞莉亞對我招手，我沒辦法只好往桌子探身，附耳過去。接著，亞莉亞開始私私竊語，在近距離下我的耳朵可以感受到她的氣息。

該死……這傢伙。連呼氣都有一種酸甜的香味。

「魔劍他是——讓我媽媽蒙受不白之冤的敵人之一。上次我在晨練說的那個用劍高手，大概就是他吧。如果可以成功逮到他，媽媽的有期徒刑就可以縮減到635年，而且如果順利的話，或許還可以發回高等法院重審。」

啊啊。

原來是這樣……啊。

還有這一層原因嗎。

難怪她在教務科一聽到魔劍的名字，就好像變了一個人似的。

我大致了解原因了。

這時，宛如好像真有人在偷聽我們的對話一樣，手機響了。

「？」

我抓著Leopon的吊飾，拉出手機一看——

搞什麼，原來是白雪。

「……喂？」

『小金。晚餐就快要做好了。今天我試著煮了中華料理。』

「好。我知道了。我馬上就回去。」

『嗯。我等你。不過如果你跟朋友在一起的話，晚一點回來也沒關係。』

「啊……」

我要是說我現在跟亞莉亞在一起的話，可能又會惹她不高興。

「沒有，我現在一個人。馬上就回去了。」

「我不是人嗎？」

『小……小金？剛才我好像聽見亞莉亞的聲音。』

嗚！

亞莉亞妳不會看一下情況啊！

「啊——那個。亞莉亞剛才從我旁邊走了過去。」

「你在說什麼啊？我從剛才開始就一直在跟你聊天吧？你豬頭啊？」

『——小金——』

白雪可怕的聲音後面，

喀！

接著一聲好像菜刀在切蘿蔔之類的聲音。

『——你為什麼要說謊？』

這、這跟恐怖電影一樣的聲音是怎麼回事！

「啊——好好！我現在馬上回去！」

我「啪」一聲蓋上手機，用力拉了白目女孩頭上的一撮馬尾。

「呀！」亞莉亞發出像女孩子一樣的尖叫聲，讓我心情稍微舒緩了些。

只不過幾秒鐘後，我又吃了她一記報復的凌空飛身踢擊。

回到房間後，餐桌上擺滿了中華料理。

蟹肉炒飯、甜辣蝦、咕咾肉、餃子、迷你拉麵，甚至連蠔油鮑魚都有。這已經算是滿漢全席了。而且都是我喜歡吃的東西。

我就座後，白雪用托盤端了茉莉花茶過來，身上還是制服加圍裙，接著楚楚地站在我身旁。我轉頭一看，她正在整理瀏海。這動作可能是她的習慣吧。

「吃、吃吧吃吧！這些都是為小金做的。」

看來白雪似乎要等我先品嘗她才肯吃，所以我只好先夾了一塊咕咾肉……

嗯！好好吃的肉。肉味十足。

還有一種香醇的糖醋味，柔和地包住了我的舌頭。

白雪的料理能力，真是多才多藝。

她和亞莉亞簡直就是天壤之別，不，應該是同溫層和日本海溝之間的差距。上次亞莉亞想煮個荷包蛋，整個手被雞蛋弄得黏糊糊，最後還失敗了。

「好……好吃嗎？還可以嗎？」

「很好吃呢。」

我回答說。光是這句話似乎就讓白雪覺得幸福萬分，她用托盤遮住臉蛋的下半部。

她似乎在妄想什麼，口中還輕聲呢喃著：「……我好高興，親愛的……」親愛的是在說誰啊？

不過話說回來……

難得料理這麼好吃，可是一直被她這樣盯著看，我都不曉得自己在吃什麼了。

「好了，白雪妳也吃吧。平常我總是一直麻煩妳。」

「那、那是因為……你是小金的關係。」

「這稱不上是回答吧？」

「……或、或許是吧。」

白雪一邊苦笑，同時就座。

在她身旁……亞莉亞雙手交叉在胸前，太陽穴不停抽動。

「然後勒？為什麼我的桌上上沒有餐具？」

「亞莉亞妳吃這個。」

白雪的聲音突然降到絕對零度，把一個大碗公放到亞莉亞眼前。

碗公裡頭裝滿了白飯，上頭還插著一副衛生筷。而且筷子沒有拉開。

「為什麼啊！」

「妳有意見的話，我就解除保鑣的契約。」

白雪說完別過頭，亞莉亞氣得咬牙切齒。

接著她咬緊牙根，開始扒飯。

飯後，想看「日曜洋片劇場」的我，和想看「動物奇想天開2小時特別節目」的亞莉亞正在互揑對方的臉，展開頻道爭奪戰時……

白雪拿著類似卡片遊戲的東西，來到了客廳。

「小金，那個啊，這是……巫女占卜牌……」

「——巫女占卜……？」

「嗯，我想要替小金占卜。因為你好像很擔心未來的事情。」

「嗯——那就請妳占卜一下吧。」

這傢伙的占卜很準，所以聽一下不會吃虧。

亞莉亞在生物學上也算是女性動物，對占卜這一類的東西似乎很感興趣，只見她一邊說著：「那是什麼？」同時跑到ＨＤＤ錄影機前設定好錄影時間，接著跑到桌子旁坐下。

既然可以用錄影的，那妳一開始幹嘛這麼堅持要跟我搶電視。

「小金，你想要占卜什麼？有愛情運、金錢運、桃花運、健康運，還有戀愛占卜。」

「那……請妳占卜一下我幾年後的出路。」

我說完，白雪瞬間「嘖」了一聲，接著又變回天使般的笑臉說：「好。」然後把占卜牌蓋著排成星形，然後翻開了幾張牌。

……未來我可以變成一個正常人嗎？

可以轉學到普通高中，畢業後進到普通的公司或政府機構工作嗎？

這一方面就算占卜也好，我想要有一定程度的掌握。

「結果如何？」

亞莉亞在一旁問，所以我看了白雪的表情……她的表情變得有些嚴肅。

「妳怎麼了？」

「誒！啊……沒什麼。整體運勢很幸運。真是太好了！金次。」

「喂。就這樣而已嗎？有沒有知道其他具體一點的東西？」

「還、還有，你會跟黑色頭髮的女生結婚。開玩笑的啦！」

白雪微笑回答，那笑容看起來十分做作。

這是怎回事？

占卜的結果到底是什麼了？她的說法讓我很在意。

「好！那接下來換我！」

亞莉亞看了心癢，在桌上向前探身。我的占卜就這樣順勢被帶過。

亞莉亞把牌推回白雪前方，催促她快點占卜。

「不用告訴妳出生年月日嗎？我是處女座的。」

「喔？還真不像啊。」

白雪這句話讓亞莉亞臉冒青筋，但她還是正座好等待占卜的結果。

白雪的臉上有千百個不願意，把占卜牌放好後翻開其中一張說：

「整體運勢，一句話來說就是毫無價值。」

她十分——敷衍地說完後，開始收拾占卜牌。

這很明顯根本沒占卜嘛。

「等一下！妳好好占卜啦！妳是巫女吧！」

「妳居然對我的占卜有意見……！真是不可原諒！」

「妳想打架嗎？」

啪吱、啪吱！

兩人開始視線交鋒。

糟、糟糕！

「亞莉亞想打的話，我可以奉陪。上次的戰鬥中，我還有被星伽禁止使用的『王牌』沒有使出來。」

白雪妹妹頭瀏海下的眉毛直豎，亞莉亞則站了起來。

「我也有王牌……那個，還有2張！」

「我有3張。」

「我4張！」

「5張。」

「很多張！」

「真是夠了，安靜！為什麼妳們連個占卜都不能和平進行呢！」

果然戰爭必須要防範於未然，這才是今後國際社會應該有姿態。

我趁事態還沒演變成無法插手的地步前，用左右手將兩人拉開。

「呸！」

亞莉亞做了個鬼臉。

她吐完舌頭後，嘔氣跑回自己房內裡，閉門不出。

接著，傳來一陣嗶嗶聲。她開始操作從通信科借來的、類似無線電機的東西，調查這間屋子周圍有無奇怪的電波。

孤零零被留在客廳的我，抓著後腦勺轉身面向白雪。

白雪正在生氣。

「……我太不想說別人壞話，」

白雪俐落地收拾占卜牌，

「亞莉亞是很可愛沒錯，不過她太煩人了。而且她根本就不懂小金，對小金卻一直都很沒禮貌……男生都說亞莉亞很可愛，但是我討厭她。」

同時一口氣說。

……我第一次聽到白雪說人壞話。

白雪眼球上轉看了我一眼。

這個意思是……她要我也針對亞莉亞說幾句話。

「亞莉亞嗎？」

其實對亞莉亞和白雪兩人，我有一個小小的發現。

但我不知道現在該不該將它說出口，因此稍微打探了一下。

「我說妳啊，真的很討厭……亞莉亞嗎？」

「誒？」

「那個……我不知道該怎麼說啦。不過妳在亞莉亞面前表現得很坦率。在我面前總是畏首畏尾。而且……可能是我猜錯了……我以前從來沒看過妳把自己的感情表現得這麼明顯。」

「……」

「比起在我和大家面前的白雪，我總覺得在亞莉亞面前的白雪才是真正的白雪。那個，我是不希望妳們吵架啦。不過妳們在吵架的時候，其實有某方面是很契合的吧？」

白雪原則上是個聽話的孩子。

從世間的眼光看來，這是一件好事。

所以眾人對白雪的評價很高。老師們當然很喜歡她，學生們也是不分男女都很依賴她。但他們都不知道白雪變成武裝巫女模式時的本性。

不過，對任何事情都很順從的個性……也是有一點問題。
我是這麼認為的。
因為我在那裡頭，看不見白雪個人的主張。
話雖如此，可是白雪在和亞莉亞吵架時，卻會清楚表現出自己的主張。
這可能是我想太多也說不定。
「……小金你……」
片刻的沉默後，白雪微伏首說。
妹妹頭瀏海下，長睫毛的雙眼也跟著低伏。
「真的很了解我呢。」
「……這個嘛，畢竟我們從小就認識了。雖然中間我們有分開幾年。」
「你一定比我還要更了解我。」
白雪的聲音比剛才還要柔和了一些，她稍微端正坐姿……
接著若無其事地，悄悄靠了過來。
「亞莉亞她……直闖入我和小金的世界中。就像子彈一樣。」
有那種世界來著嗎？
我心想，但為了不打斷她的話，所以暫且先不吐嘈。
「而且在我使出全力下，她還正面接受我的挑戰，一步也不肯退讓。整體來說我很討厭她，但就跟小金說的一樣，在某方面我也覺得她很厲害。」

嗯……

果然她不是單純地討厭亞莉亞，而是抱持著一種複雜的感情。

「不過，就是因為這樣……我不想讓小金被她搶走。因為她很有魅力。」

「……什麼搶不搶的。我說啊，之前我也說過了，我跟亞莉亞是武偵同伴，是工作結束就說掰掰的那種小隊關係。這和青梅竹馬的妳不一樣吧？」

「青梅竹馬——說的也對。」

白雪的表情為之開朗，她維持坐姿不知道用了什麼奇特的方式，當我發現時她已經移動到我的側面來了。

喂、喂！肩膀快要碰到……不，是已經碰到了。

「小金從以前開始就很了解我。真的讓我很幸福。從沒有離開過星伽神社的時候開始，所有的事情我全部、全部都記得。」

白雪陶醉地說著，頸部微妙地朝我的方向傾斜。

有如絲線般烏黑有光澤的秀髮，碰到了我的手腕。

我聞到一種淡淡的、彷彿香木發出的香味。

「啊……聽妳這麼一說，好像有過那段日子。」

我四到五歲的時候因為大哥工作的關係，曾經住在青森一陣子過。

然後在那邊郊外的星伽神社，和白雪相識。

那時候，不知為何大人不准她離開神社半步，而白雪也很順從地遵守命令。

個性相當怕生的白雪當初很怕我，但我們很快就打成一片，她也讓我加入和其他小星伽巫女的遊戲當中。

「和小金一起去看煙火的時候……我真的好開心喔……」

白雪終於將頭靠在我的肩膀上，開始聊起往事。

「那個時候鎮上舉辦煙火大會，小金非常興奮……帶我離開了神社。那次我自從懂事以來，第一次離開星伽神社。」

「啊……妳說那個啊。虧妳還記得那件事啊。」

在那之後我被大人們給臭罵一頓，白雪也被關在泥土製的倉庫裡，禁閉了一陣子。

「我們被罵得很慘，不過在那之後，小金也常常來星伽陪我玩。」

「我大哥要去那邊工作，所以我就跟著去了。而且當時在那附近也沒有其他小孩跟我同年紀。」

我們玩過什麼遊戲呢？我想要玩的足球被小巫女們以多數制否定，所以常常被迫玩辦家家酒、摺紙和摸瞎子（註11）。

11　日本傳統遊戲。由一個孩子當「鬼」，矇著眼睛蹲在其他孩子牽手圍成的圓圈中央，孩子們一面唱著歌，一面繞著圈圈，等到整首歌唱完，再由當鬼的孩子猜他身後的人是誰，如果猜對的話，那個被猜中的人就要當下一輪的鬼。

——圍起來、圍起來，籠中的鳥兒——

那首歌我現在還記得。

我也還記得，大哥曾經面帶憐憫地稱呼白雪她們為「籠中鳥」。

「亞特希雅盃準備委員會」的末席上，我心不在焉地想著亞莉亞的事情。

最近那傢伙勤快地在收集魔劍的資料，四處奔走。半夜只要有一點聲音，她馬上就會從床上跳起，拿起雙槍警戒。然而敵人始終不現身，再加上和白雪生活的壓力有如媳婦遇上婆婆，讓她最近的心情明顯很不好。

「希望星伽同學至少也要參加閉幕典禮的亞魯卡達。」

「對啊！我們有留一個位子。」

武偵高中基本上也是高中，所以有學生會。

但因為校規的關係，成員清一色都是女生。

這是因為以前交給男生們管理時，大家為了搶社團活動經費，最後演變到開槍互射的局面。這學校真是有夠不正常的。

而這個亞特希雅盃準備委員會的成員，幾乎都是學生會的人。

為何我會出席這種無聊又危險——都是女生的——委員會呢？與其說是為了護衛白雪，倒不如說是亞莉亞的命令。

「星伽學姊是美女，我覺得來採訪的記者群也會抱持好印象的。」

「我也這麼覺得。那會提升武偵高中，不，是武偵整體的形象。」

「而且構思出這次舞蹈動作的人是星伽同學……亞魯卡達的啦啦隊妳應該也會吧？」

在會員的聲音中，我瞄了身為會長的白雪一眼。

「是、是的。不過，那個──請讓我在幕後替大家服務吧。」

白雪眼珠上轉看了我一眼，似乎在向我求救。我則在心中呢喃，快點結束這個會議吧。因為主要的議題都已經結束，現在變得有點像在閒聊。

看來我倆似乎有心電感應，

「──那麼今天時間也差不多了，我想要在這裡讓會議告一個段落。」

白雪用宏亮悅耳的聲音向眾人宣告。

此時的白雪發音真的很悅耳，總覺得讓人心有依靠。

亞莉亞如果是聲優，那白雪就是女播報員了。

我模糊地想著，同時伸了一個大懶腰站了起來。

……會議結束後過了一會，女生們開始喧嘩騷動。

「──吶！等一下要不要去台場？」

「啊，好啊！」

「走吧、走吧！MARUI不是改裝了嗎？（註12）」
「我想要買一件夏天的迷你裙！」
「說到台場我就想到！ESTELLA的限量甜麵包派，今天發售喔！」
「出現了，跟女人味比起來還是吃比較重要！這是沒有異性緣的武偵女最典型的例子。」
呀哈哈！這個好笑！
我說啊。
妳們每個人都笑得這麼天真可愛……
我不怎麼喜歡這種場合。
還有，妳們沒有異性緣是因為身上帶槍的關係好嗎。快點發現吧。
「星伽學姊呢？要不要一起去看夏天的衣服？」
一位一年級的學妹問白雪說。白雪的表情有些意外，低著頭說：
「啊！我待會要回家做S研的功課和亞特希雅盃的導覽書……」
女生們聽到後，
「不虧是學姊。好用功喔……」
「星伽同學都不會累呢。」

12　MARUI是日本一家服裝連鎖店。

「真的跟超人一樣……」

這些話不是諷刺，而是真的在尊敬白雪。

而且──

同時，我覺得她們還有一種卻步的感覺。

我和白雪併肩走在晚霞的道路上。

招開委員會的地方離男生宿舍很近，所以我們徒步回家。

……我不喜歡跟女生一起回家，不過沒辦法，畢竟我是保鑣。

要是自己先回去，晚點被亞莉亞知道肯定會舉辦「開洞祭典」

「今、今天小金在旁邊看，所以我有點緊張。我……表現得怎麼樣？」

白雪在身體前方雙手提著書包，感覺有些害羞，但臉上表情卻打從心底高興能跟我一起回家的樣子。

「感覺大家都很信賴妳啊。這樣很好不是？」

我率直地說完，白雪的臉頰染成和緋袴一樣，低下了頭。

「……我、我被小金……稱……稱讚……」

她小聲獨語。

喂，走路要看前面啊。

啊！妳看，撞到電線桿了。

「對了，妳不參加亞魯卡達的啦啦隊啊？大家不是希望妳參加嗎？」

「不、不行啦。我不能參加。啦啦隊……應該要找更開朗可愛的女生去跳比較好。我這種樸素的女生如果跑去參加，會害武偵高中的印象變差的。」

「我說妳啊……這種妄自菲薄的不太好喔。啦啦隊那種東西，只要在跳的時候表現出開朗的一面就行了。而且在表演的過程中，心情搞不好真的會開朗起來。然後在正式表演的時候讓大家看妳開朗的一面，這樣妳就會更有自信了。」

「可是……」

「妳該不會是在怕教務科說的那個魔劍吧？那種東西根本不存在。不會有人盯上妳的啦。」

「嗯……我知道。魔劍那種東西是不存在的……可是我還是不能參加。」

「為什麼啊？」

「星伽會罵。」

星伽。

白雪說出這個詞的時候，是代表星伽神社。

也就是老家的意思。

「他們為什麼要罵妳？不過是啦啦隊。」

至今為止，白雪也說過幾次類似的話語，所以我多多少少知道……

星伽神社對來東京讀高中的白雪，下了許多制約。

或許是因為他們重視體統的關係，所以管東管西地相當囉嗦。

「我——不能在太多人面前拋頭露臉。」

白雪的聲音變得有些固執。

她不是在說明理由，而是在做雙重否定。

這是表示無論如何都不行的意思嗎？

「……剛才學生會的學妹找妳去台場，不過妳回絕了。該不會那也是因為星伽的關係？」

我抱持著「應該不可能吧」的想法，試著問白雪說。

「對。」

「喂、喂。」

「沒有允許，我不可以擅自離開神社和學校。」

喂……喂喂。

就算是老家，也不能限制別人外出吧。

那樣也未免太超過……應該說那已經是侵犯人權了吧？

「我說啊，」我正想開口時，白雪似乎知道我想說什麼，打斷了我的話。

「星伽的巫女是守護巫女。從生到死，身心都不能離開星伽。」

她像在喃喃自語。

「我們每一代的巫女，其實一生……都應該在星伽神社終老。這是規定。當然我們可以去其他神社處理事務，現在也必須接受義務教育……但那些全都要維持在最低限度。我要來武偵高中讀書的時候，曾經被強烈反對過……」

「不過妳還是來了吧？那種習俗沒必要乖乖遵守。怕被人罵怎麼當高中生啊！妳在裝什麼乖呢。」

「……」

「今天晚餐不用煮了。妳現在跟她們一起去看衣服吧。」

「不用，沒關係的。而且……我總覺得外面……好可怕。」

白雪的視線有氣無力地垂了下來。

「可怕？ＭＡＲＵＩ嗎？那邊只是普通的服裝店喔？」

「可是我小學和國中，都沒有離開巫女學校過……」

巫女學校。

神學校的一種，專門給家境富裕的神社人家女兒就讀的住宿制女校。

「我也試著想像那樣……到外面購物或是買零食吃，可是我沒有自信和大家一起出現在人前。」

「……自信？」

「因為大家知道的事情，我什麼都不知道。如果不是聊學校的事情，我根本無法融入……我也不知道該穿什麼衣服比較好。糕點、音樂、電視……還有流行之類的東西我都不懂……我和大家無法心靈相通。」

「白雪……」

「不過沒關係。我有小金陪我。小金了解我。你總是像以前一樣，自然對待最真實的我。所以沒關係。我其他什麼也不要。」

白雪……

白雪。

妳──

這樣不就跟以前……完全一樣了嗎？

現在的妳已經離星伽神社這麼遠了，但是──

妳依舊是籠中鳥嗎？

晚上，我沖完澡後擦乾身體，穿好褲子後把關上了浴室的燈。

我上半身一絲不掛……看了時鐘一眼。

已經10點了。

這麼說來，亞莉亞好像還沒回來。

她傳郵件說她要去一趟諜報科，反正大概又是去收集魔劍的情報吧。

自從接下白雪的保鑣任務後，我們就沒辦法晨練，但亞莉亞卻宣言說：「以後我會改用奇襲的方式。」然後真的三不五時就發動奇襲。

我當然不會什麼空手奪白刃，所以頭上的腫包不停增加。

我一面想著，同時用浴巾擦頭時——啪叮啪叮啪叮

一陣拖鞋的聲，從走廊跑了過來。

步伐聽起來有些慌張。

「？」

發生什麼事？

我轉身朝更衣室的窗簾方向。

「小金！你怎麼了！」

唰！

更衣室的窗簾突然整個被拉開！

拉開的人是穿著巫女服的白雪。

她不知為何神色大變，圓滾可愛的雙眼瞪得跟銅鈴一般。

「啊、嗄！」

我驚訝之餘向後一退。

……這種狀況。

這種場景。

普通來說——不，我不知道這算不算普通——應該是男女顛倒過來才對吧！

我頓時腦袋錯亂，甚至開始在想一些莫名其妙的東西。

「妳、妳幹嘛啊！」

「誒！因、因為小金剛才……打、打電話……」

「電話？」

「叫、叫我馬上過來，然後就突然掛掉了。」

「我沒有打什麼電話啊！」

「那的確是小金的聲音，雖然沒有顯示號碼——你說我在浴室！」

無可能。

妳那是幻聽吧。

「哪有人會一邊沖澡一邊打電話的！怎麼會有那種怪事！」

「可、可是，電、電、電電——！」

白雪終於發現我上半身赤裸，視線從我的臉部、鎖骨、胸口、肚臍……慢慢往下移，同時原本蒼白的臉蛋由下往上逐漸染紅，宛如計量表在上升一樣。

接著，她大吸一口氣。

我感覺她好像過度呼吸症發作一樣。

「對！」

對？

「對不起！」

咻！

白雪用了一種我無從想像的奇妙跳法，往斜後方跳開。

接著她在空中轉成正座的姿勢，攤開緋袴和衣袖，接著在落地的同時——啪！

她下跪了。

「對對對對不起、對不起、對不起！」

她身體萎縮，頭上彷彿要冒出蒸氣一樣，連耳根都紅透了。

接著白雪抬起頭來，她似乎激動過度，眼睛都變成了漩渦狀。

「——因為小金在浴室！所以會裸體這點我的確有偷偷想像過！我、我也承認剛才在練習鬼道術的時候，滿腦子都是裸體所以沒有好好練習！」

「我、我沒問妳那種事吧！」

「可是我是不、不小心想像到的！請、請您原諒我！白雪、白雪是壞孩子！平常我都在裝乖孩子，其實——我是個壞孩子，會去想一些奇怪的東西！我是一隻超級裝乖貓！米諾夫斯基……＃＄％＆！」

糟糕。

「喂、喂……」

在這樣下去白雪的某條線可能會斷掉，原本就有點奇怪的她，可能會真的會秀斗。

我暫且走到白雪前方，單膝跪下。

「好、好了。可以了。大概是有人打錯電話吧。妳不用道歉成這樣。」

我努力用平穩的語氣告訴她說。

但我上半身一絲不掛就這樣隨便接近她，似乎是一種錯誤。

白雪飛快用手遮住自己的雙眼。

……我總覺得她從指間縫隙在看我的胸膛……

接著，

「扯平！」

她突然發出讓人摸不著頭緒的尖叫聲。

白雪把手從臉上移開，臉頰通紅好像在冒火一樣。

我感覺四周好像真的變熱了。妳是暖爐嗎。

「扯平？扯什麼平啊？」

我一問……

白雪的傻瓜思考迴路，算出了一個傻瓜的結果。

「小金也要看我換衣服，這樣才公平！」

「——嗄！」

她用右手抓住自己白小袖的胸口。

左手解開緋袴的袋子。

白雪似乎想要立刻全裸一樣——

開始脫起巫女服來！

「等、等一下！妳那樣跟公平一點也扯不上關係！不要脫！」

我馬上按住白雪的衣服。

「我要脫、我要脫、我要脫！我不要緊！如果是小金大人的話，被看光我也沒關係！真的沒關係！所以請你放心！」

哪、哪能讓妳脫啊！

要是讓妳露出上次那種決勝內褲，我肯定會進入爆發模式！

所以我拼死按住白雪的衣領和袴褲。

「小金不要，快放手！」

白雪說。

「妳安靜點！」

我說。

「我回來了。」

亞莉亞說。

……

…………

…………………亞莉亞……？

啪喳！

亞莉亞在十分糟糕的時間點回到家裡，手上的紙袋掉落在玄關處。

從紙袋中……滾出了一顆松本屋的桃饅。

白雪和我推擠成一團，桃饅撞上她穿著白布襪的腳。

看到第三者的出現，白雪慌忙整理巫女服。

——她黑色的眼眸泛著淚光，衣衫不整。

——而抓著她衣服的我，上半身一絲不掛。

——還有剛才的對話。「小金不要！」「妳安靜點！」

「……你……你這個……」

吼……吼吼吼吼……亞莉亞發出像獅子般的吼叫聲。

嬌小的雙手伸進了裙子的側面。

「笨蛋金次——！」

砰、砰！

她拔出漆黑和白銀色的Government，二話不出直接射出點45ACP彈！

「嗚喔！」

命中腳邊的子彈，讓我跳了起來。

等！等一下！

我現在可是裸體，連防彈制服都沒穿！

「稍、稍、稍微拜託你一下，結果就變成這樣？你、你這個！強制猥褻魔！去死吧！」

砰、砰！　砰！　砰！

亞莉亞的開槍節奏和怒吼聲一致，往我腳邊不停開槍。

「等！等一下！妳聽我解釋！」

子彈不斷命中我腳尖前方的地板，讓我不停後退！

「你這個人！真的是！禽獸！蛆！細菌！」

砰！　砰！　砰、砰！

亞莉亞不停扣動雙槍的板機，同時踏著「磅磅磅」的腳步聲朝我靠近。

我最後終於被逼到陽台。

已——已經退無可退了！

眼下是東京灣。

「你、你你你對我強制猥褻，然後這次又對白雪下手！你、你這個大變態！」

亞莉亞的雙槍最後終於朝向我的身體。

該、該怎麼辦？金次。

要是逃進防彈置物櫃裡，整個置物櫃都會被她從陽台上扔下去！

「不、不是那樣的，亞莉亞！已經夠了，妳不要嘴硬不服輸！」

白雪口中嚷嚷奇怪的話語，亞莉亞皺著粉紅色的眉毛轉過頭去。

「為、為什麼我要嘴硬不服輸啊！」

亞莉亞對白雪齜牙相向。

「那不是小金強迫我的！是雙方你情我願！」

「你、你情我願？」

「沒錯，剛才是我自己想要脫的！所以小金沒有錯！」

「自、自己想要脫？你、你你你你、你們到底想做什麼啊！」

亞莉亞慌亂，白雪動手想奪走她手上的槍。

雖、雖然妳說的話和事實差距甚遠，不過幹得好，白雪！加油啊！

「可、可是──就、就就就就算是你情我願！」

亞莉亞的臉蛋一口氣紅透，鑽進白雪的懷中，接著碰一聲！

全勝！

她用類似跳腰的摔技把白雪摔到地板上。

「呀！」白雪驚叫

「金次！那、那那、那是保鑣的禁忌吧！」

亞莉亞齜牙大叫，跨過白雪走了過來。

「你、你們是好朋友我也就睜一隻眼閉一隻眼！可是你居然和委、委託人發生那、那、**那種關係**！你沒資格當武偵！沒資格！超級沒資格──！」

亞莉亞尖銳的聲音，差點震破玻璃窗，

「開洞祭典！」

砰砰砰砰！

她毫不留情地用雙槍朝我射擊！

「──！」

我從男生宿舍的陽台一躍而下，接著射出腰帶上的繩索，像蜘蛛人一樣掛在欄杆下方。

好、好險啊！

我喘息的瞬間，

「你去冷靜一下吧！不給你游泳圈！」

亞莉亞在陽台大叫的同時，用槍射斷了繩索，我整個人掉到下方的防落柵欄，彈了一下。

等我發覺時，我已經掉到柵欄斜下方的東京灣裡。

保鑣——

不能和委託人有太**深入**的關係。

這點的確是基本中的基本，強襲科的教科書上也有提到。

要是跟委託人太過親密警戒就會渙散，萬一發生狀況時也會無法做出冷靜的判斷。

但是這次的任務，是源自於教務科的過度保護，硬要說的話，這次的任務根本是**保鑣遊戲**。

亞莉亞聽到魔劍的名字眼神驟變，行事也變得急躁起來。因此身為夥伴的我，如果態度不認真就會受到她的責難。真是夠了。

後來，

原本我就稍微累積的一點疲勞，再加上沖完澡後裸體和白雪推擠成一團，最後又被扔到東京灣裡……

所以我感冒了。

隔天早上我腦袋昏沉，口中含著溫度計。亞莉亞看到後一臉不悅，只說了一句「真是沒出息！」不過卻沒像平常一樣對我暴力相向。

白雪氣勢驚人，甚至還說今天自己也要向學校請假，在家看護我。但我覺得這樣不好意思，最後還是硬要她去學校上課。

在那之後，我躺在床上閒得發慌。

熱度一直徘徊在三十八度左右。

身體狀況有時候還好，不過現在稍微有點難過。

恐怕是病毒大軍在垂死掙扎而引發了高熱，讓我的意識處於朦朧狀態。

接著……

大概是學校的午休時間左右吧。

有人回來了。

好像是來看我的狀況……這麼說來是白雪嗎？

我連出聲都感到倦怠，就這樣……又回到了睡夢當中。

劇烈頭痛的額頭上……

好像有人輕輕伸手，在量我的體溫。

那隻手相當溫柔。

我醒來時，已經是下午兩點。

溫度計還在三十八度左右，但身體似乎習慣熱度，狀況稍微好轉了些。

我搖晃站起，室內感覺不到人的氣息。

「……」

喉嚨好渴。大概是因為流汗的關係。

我踏著搖晃的腳步……想要去喝口水。

當我走出寢室，想要把門關上時——

我的手摸到了一只塑膠袋。它就掛在門把上。

「？」

我翻了一下，裡頭裝著大和化藥的「特濃葛根湯」。

它的包裝相當古色古香，對體質上不容易吸收藥效的我而言，它是唯一藥到病除的感冒藥。

——是白雪嗎？

那傢伙真的很了解我呢。

不過我有跟她說過……這個藥的事情嗎？

算了，隨便吧。

不虧是特濃葛根湯。

多虧有了它，當我再度醒來時體溫已經恢復正常。

時刻已是日落時分，當我走到客廳時，碰巧遇到剛回到家的白雪。

「啊！小金。感冒好一點了嗎？」

「嗯。燒已經退了，頭也不痛了。」

「太好了……真是太好了……嗚……」

「妳別動不動就哭嘛。」

「好。」

白雪以指拭淚，高興地抬起頭。

「……多虧妳幫我買了『特濃葛根湯』。我喝下去睡一覺馬上就好了。」

「誒？我……想說小金討厭吃藥，所以打算做藥膳的說……」

「嗯？那個是妳買的吧？真是麻煩妳了。那個藥只有在阿美橫丁裡面，一家不太好找的骯髒中藥店有賣。女生一個人去那邊，應該有點可怕吧。多謝啦。」

「咦……啊！」

白雪將白皙纖細的手指放到嘴邊……

表情……似乎在思考什麼……

「……不、不客氣。」

她的視線些許避開了我，同時說。

在強襲科一棟類似體育館的設施內，現在我正拿著一把和我風格不搭的電吉他。

今天是「亞特希雅盃」閉幕典禮的彩排，亞莉亞強迫我加入亞魯卡達的樂團，所以現在我正在用借來的ＤＣ59，練習彈奏輕音樂。

「I'd like to thank the person（我想要感謝某人）……」

我不是主唱，不過我還是小聲唱著歌，反覆撥弄負責的序曲部分。

之前我在神奈川武偵高中附屬國中上變裝潛入的課程時，有稍微學過一點吉他，而且我負責的部分只是兩分多一點的短曲。同時另一個兼主唱的吉他手是不知火，他彈得很棒，所以練習起來不會很累人。只不過……

我總覺得有點格格不入，強襲科的設施居然被利用在這麼和平的地方。我這想法真是悲哀啊。

武藤幹勁十足地在打鼓，似乎想要讓旁人看到他帥氣的一面。在他對面，亞莉亞等人拿著彩球，正在練習啦啦隊舞蹈。

颯、颯、颯！颯、颯、颯！

輕快的舞步，加上飄逸的短裙。

該死。

大家都穿成那個樣子。

武藤說這是肉眼一年一度的保養，但對我而言這卻是個恐怖的光景。

萬一出什麼差錯進入爆發模式的話，那該怎辦。

把視線集中在自己的手邊吧。

「好！那今天就在這裡告一個段落。大家辛苦了！」

擔任舞台總監的白雪，口吻就像老師一樣。女生們聽到後，一哄而散地離開了。

我稍微放下心中的大石，其實我有點討厭這個滿是女人味的空間……所以我決定收拾吉他，爬樓梯到屋頂上。

——天氣是晴朗的五月天。

陽光溫暖。

這是最適合午睡的日子。

於是我仰躺在地上。

深深吸了一口清爽的春風。

啊啊……真舒服。

……五月暖風值千金啊！

正當我在享受就地而臥的感覺時——

風中突然夾帶了一股酸甜、有如梔子花的香味。

「？」

我心奇怪，半睜開眼一看——

心情從天堂掉落到地獄。

一支白色帆布鞋朝著我的臉直直落下。

「嗚！」

接著我連續扭頭，閃過接連落下的小帆布鞋。

「你在這摸什麼魚啊！好好護衛白雪啦，廢材！」

腳掌接連踩在我耳邊的人，是穿著啦啦隊服的亞莉亞。

她雙手拿著彩球抵在腰上，似乎正在生氣。

「亞、亞莉亞？」

居然追到這種地方來。

我送出抗議的視線，一面起身時——

「嗯！」

亞莉亞做了一個明顯有別於啦啦隊表演的動作，把右腳高舉過頭，朝向天空。

咻的一聲，那隻腳掠過了太陽。

——我驚覺到。

這傢伙要我**空手奪白刃**——夾住她的腳！

領悟到這一點的我，想要夾住她的腳跟踢——

啪！

碰！

我的雙手，遺憾地夾到她小腿上方的空氣……

二十一公分的迷你小腳，腳跟直接落在我的頭頂上。

我又再次屁股跌地。

拜託……請妳饒了我吧！亞莉亞大小姐。

我在強襲科的徒手打擊戰中早已習慣了拳打腳踢，不過要是每次都被這樣打，也真的會受不了啊。

亞莉亞在我身旁，挺起她的假胸部。

「真是的！空手奪白刃好歹你也成功一次給我看嘛！這可不是遊戲喔！」

她吼一聲露出犬齒，低頭看著我。

「我……我說啊……」

我單手按著被踢中的腦袋，站了起來。

「……如果我們是夥伴的話，妳起碼也考量一下對方的身體狀況，偶而也讓我休息一下吧。我可是大病初癒耶。害我從陽台掉到夜晚冰冷又骯髒的東京灣裡的，不知道是哪個豬頭來著？」

我喋喋不休地抱怨完，

「那……那是我不對啦。我也有在反省是不是做得太過火了……」

亞莉亞挪開紅眼睛，身體稍微側到一旁。

這動作很可愛，所以……

這邊就暫時給她一個台階下吧，我心想。

「算了，感冒的事情沒關係了。因為白雪買了『特濃葛根湯』給我喝，所以已經好了。」

「嗯？」

亞莉亞聽到我的話，突然轉身面向我。

仔細一看，她的大眼睜得圓滾滾，表情驚訝。

怎麼？

我剛才說的話沒必要這麼驚訝吧？

「那、那個是我……」

她支支吾吾，我皺眉做出疑問的表情，催促她把話說清楚。

但亞莉亞的嘴巴一張一合，欲言又止。

「……幹嘛啊？雖然那是一種次級藥品，不過我喝起來很有效。我上次也有跟妳說過吧。白雪不知道為什麼也知道，專程買來給我喝。」

大略說明完，亞莉亞稍微嘟起嘴，

「……白雪說是她買的？」

她不知為何問了我這個問題。

「嗯？對啊。」

「……」

……

怎麼？

為什麼不說話了？

「算、算了，你病好了就好。我是貴族，那種事情我可以忍耐。」

「？」

剛才的對話中，有什麼地方須要讓亞莉亞忍耐的？

我完全搞不懂。

「貴族不會炫耀自己的功勞。因為那樣太難看了。就算功勞被別人搶走，我們也不會。」

「什麼啊？妳想說什麼就直說吧。這樣一點都不像妳。」

「什麼嘛！這樣就好啦！我不想說就是不想說！」

呸！亞莉亞伸出小舌頭。

「太好了，有白雪幫你看護！白雪、白雪，會做那種好事的人都是白雪！你乾脆跟白雪結婚好了！」

亞莉亞齜牙，用比平常大三倍的聲音逼問我。

怎麼突然這麼激動。

很明顯是我的某句話所造成的，但我不知道是哪句。

「喂、喂！妳幹嘛突然這麼生氣！」

「吵死了！我沒有生氣！」

「妳在生氣吧！」

「你才是！」

亞莉亞和我的臉靠近到快要貼在一起。

同時大眼瞪小眼。

我倆身高差了接近三十公分，所以亞莉亞抬頭瞪我，而我則是低頭瞪著她。

亞莉亞這種不講理的生氣方式，讓我也動了肝火。

回想起來，這傢伙最近做的事情都讓我火大。

把我房間要塞化、還把白雪帶來，現在又這樣！

「我就趁這個機會告訴妳，我是因為那是夥伴方針所以才陪妳的，空手奪白刃的練習我不幹了！那種東西根本只有高手才做得到！哪可能這麼簡單就學得會！」

「不行！你要繼續練！聽說魔劍拿的劍可以斬斷鋼鐵，如果傳聞不假，用小刀和硬鋁大盾都無法防禦！所以現在空手奪白刃的訓練有相當重要的意義！萬一白雪被襲擊的時候，只要讓你覺醒——」

「妳說萬一？這幾天我們緊跟在白雪身邊，根本沒發生半點危險的事情！既然這樣我就再說一次！根本就沒有什麼敵人，更沒有什麼魔劍！」

亞莉亞聽到我的話，瞪大了紅眼。

「我知道妳想要早一點救出令堂香苗女士。可是現在的妳因此失去了平常心！一聽到搞不好是敵人成員之一的『魔劍』名字時，妳就希望那個敵人是存在的。然後不知不覺，因為自我暗示而陷入『真有其人』的錯覺當中！」

「不是這樣的！」

亞莉亞用彩球指著我，齜牙說道。

「魔劍是確實存在的！我的直覺告訴我，他已經逼近我們身邊了！」

「妳這叫做妄想！白雪絕對很安全，妳去一邊吧！亞特希雅盃結束前，我一個人來當白雪的保鑣！」

「什麼跟什麼！氣死我了！」

亞莉亞在我臉部下方，紅著臉怒吼。

「對啦、對啦！對你們而言我很礙事，又有妄想症！你們明明是委託人和保鏢！居然還脫、脫、脫對方的衣服……差勁！」

「那……那件事情我還沒跟妳算勒！妳每次都自以為是，獨斷獨行！別以為妳家世稍微好一點就可以這麼臭屁！妳或許是天才啦，但是世界是靠我們這些凡人在推動的！妳已經脫離常規了！」

我生氣怒吼完——

亞莉亞的表情比預想中的還要受傷。

她沒有反駁。

不僅如此……

她還退離了我一步。

兩步、三步。

亞莉亞用完全不像她的虛弱步伐，逐漸遠去。

「你也……是這樣啊。你也說一樣的話。」

音量降低的娃娃聲，不停顫抖著。

那平靜的聲音，反而傳達了亞莉亞發自內心——

遠超於平常的真實憤怒。

「大家都不懂我。大家都說我是愛出風頭、獨斷獨行、不懂得瞻前顧後——是福爾摩斯家的缺陷品。你也——這麼認為嗎！」

亞莉亞垂下頭，開始大叫，不是針對我，也沒有特定的對象。

宛如在對世界上所有人大吼一般。

「我自己知道！敵人已經逼近白雪了！可是、可是我沒辦法好好說明！我沒辦法向偉大的夏洛特・福爾摩斯曾爺爺一樣，有邏輯地說明到讓大家都聽得懂！所以大家都不相信我，我一直都是獨唱曲，可是、可是我的『直覺』真的這樣告訴我！我都這樣說了，為什麼！為什麼你就是不肯相信我！」

亞莉亞噙著淚水，把啦啦隊的彩球扔在地上，像小孩一樣喧嚷。

……在這裡，如果我溫柔地安慰她就好了。

但是我因為和亞莉亞爭吵而太過激動。

無法坦率地安慰她。

於是，

「……啊啊，我就是搞不懂啦！根本不存在的敵人妳說他逼近了，這叫我怎麼相信！如果妳有主張就拿出證據啊！那才是武偵！妳要我說幾次都行！**魔劍是不存在的！**」

我在無意中說了一句類似在追打亞莉亞的話語。

「——你——你這個大笨蛋！笨蛋、笨蛋、笨蛋、笨蛋、笨蛋——！」

因為我的反應不如亞莉亞的預期，這次她真的火大起來——

勃然大怒地拔出雙槍！

「等……！」

「一下」兩字還未說出，

砰砰砰砰砰！

無數的子彈從我身體的周圍擦過。

突如其來的襲擊使我彎下腰，亞莉亞快步上前賞了我的臉一腳。

「金次是笨蛋！金牌笨蛋！諾貝爾級笨蛋！」

她讓我倒地後換上新的彈匣，同時將手槍朝著奇妙的方向一陣亂射，接著從樓梯離開。

我又成大字倒在地上……

我仰望身後。視野中上下顛倒的儲水塔正在噴水。

剛才的槍擊在水塔上開了無數的洞……

仔細看那些洞排列得相當整齊，應該說是成了幾個字。

上面寫著「笨　蛋　金　次　」。

喂……

這下該怎辦。這樣想擦也擦不掉喔。

話說回來，這槍法也太厲害了。

如果參加亞特希雅盃的話，妳才是手槍射擊的金牌笨蛋吧。

之後，我回到房間後稍微冷靜了些，想說等亞莉亞回來後，再不經意地跟她說聲對不起。

但不管怎麼等她都沒有回來。

她該不會照我說的，真的去一邊了吧。

到了晚上她也沒有回家，所以我大致跟白雪說明一下後，

「那以後只有小金一個人當我的保鑣囉？」

白雪反而很高興。

「啊啊。是啊，就是這樣。」

我深坐在新買的沙發上，拿出剛請班上裝備科的同學改造好的貝瑞塔M92F，像在拆模型玩具一樣，將它大部分解後保養一番。

亞莉亞不在。

只是因為這樣，就連這把手槍也不知為何……看起來很無力。

「亞特希雅盃結束之前，我會當妳的保鑣。雖然一開始是亞莉亞和教務科硬要這麼做的……不過，畢竟我們約定好了。」

白雪聽到我說出「約定」一詞，臉上露出感動的神情。

「小金跟我約定好要保護我……」

她說這句話時，有如在玩味品嘗一般，「我好高興……」接著，她稍微低下頭說。

「妳……不會覺得不安嗎？讓我這個E級的武偵當妳的保鑣。我是覺得『魔劍』不存在啦，可是萬一真有這號人物，還來襲擊妳的話——」

我提醒她說，白雪聽到馬上搖頭說：

「我打從一開始就沒有覺得不安。」

「……」

「因為小金在我身邊。小金其實很厲害。不會輸給任何人。所以我相信你。小金，請你再……保護我一次吧。」

「啊……好。」

白雪語帶詼諧地恭敬說道，而我則反射性地回答了她。

白雪的聲音不是開玩笑、也不是奉承，而是打從心裡真的信賴我。

沒錯。自從那次入學考試，我打退了糾纏白雪的那群傢伙後，白雪不論何時總是百分之百地信賴我。

但是她信賴的對象不是通常模式下的我。

而是當時處於爆發模式下的我。

要是——

萬一，

魔劍真的存在。

億一，

真如諜報科、S研……還有亞莉亞所說，白雪被他給盯上。

兆一，

要是出了什麼狀況，

我……能夠保護白雪嗎？

她因為相信我而感到十分放心。我能夠回應她的信賴嗎？

……沒有辦法吧。

……但是……唉呀！我也不用太擔心。

迄今我已經跟在白雪身邊好幾天了，周圍完全沒有危險的徵兆。接下來也不會有問題吧。沒錯。肯定是這樣的。

我將檢整完畢的貝瑞塔放在桌上。

「小、小金大人！」

白雪似乎在等我檢整完手槍……一面叫著那個奇怪的稱呼，慢慢朝我這轉了回來。

「什麼事？」

「那黃金週的時候，也不會有礙事的……不是，也不會有亞莉亞吧？」

「啊啊……是啊。妳有想要去哪嗎？」

「沒、沒有！我要在家裡悠閒地讀點書。」

白雪慌忙揮動雙手說。

「……那不又是悶在家裡了嗎？妳老是都在讀書吧。偶而也要放鬆一下，不然老了可會後悔喔？後悔年輕的時候沒有多玩一點。」

「可、可是……」

看到白雪沉默，我大概可以猜想到原因。

「——星伽嗎？」

「……」

白雪沒有否定。

星伽不允許她離開神社和學校……

籠中鳥。

我的腦中浮現出這個詞，剛才和亞莉亞吵架後我心裡原本就不是很痛快，所以我焦躁地從沙發上站起。

接著一屁股坐到電腦前。

白雪只是看到我背對她，神情就變得很慌張。

「小、小金，對不起！對不起！可是我……」

她不知道我鬧彆扭的原因，反射動作先行道歉。

但我沒有回答，只顧著打字，搜尋東京 walker——

隨後一陣機器聲。

印表機突然動起，白雪一時之間被嚇到，同時她拿起印出的紙張。

接著她把紙張轉到方便我閱讀的方向，遞了過來。

「來！小金請看……剛才你怎麼了？」

「不是。那個是要給妳看的。」

「？」

白雪愣住，把紙張朝向自己。

「……五月五日，東京迪士尼煙火大會……比人早一步穿上浴衣，去看星空中的幻象吧……？」

白雪念完後，一臉疑問地看著我。

「去看吧。」

「咦！」

「不用這麼驚訝吧？」

「不、不行啦，這種人多的地方……我……」

「不用擔心。不用去迪士尼樂園。只要在葛西臨海公園看就好了，雖然距離有一點遠。就一天，妳就當作是外出訓練，試著離開學校一步吧。」

外出還要做訓練？這聽起來或許很奇怪，但沒辦法，因為她是個奇怪的孩子。

「可、可是……我……」

白雪猶豫不決的反應正如我所預期。我站了起來拍了她的肩膀。

「……我會陪妳去的。不過是以保鑣的身分。」

「小……小金也會一起……？」

「對。那也算是在亞特希雅盃之前嘛。」

我強調說。白雪的雙眼不知為何開始熠熠生輝。

最後她晃動妹妹頭瀏海，點頭答應。

4彈　人工海濱

在強襲科的吵架過後，亞莉亞就失蹤了。

不過跟我料想的一樣，她跑到蕾姬的房間去暫住了。

所以我在家庭餐廳打算跟蕾姬報告，說明我在黃金週也有確實把保鏢的工作做好。

不過……

背著輕型狙擊槍來到餐廳的蕾姬，還是跟平常一樣沉默寡言、面無表情，不知道有沒有在聽別人說話。

因此，我必須一一確認她有聽懂我的話，說明起來格外費時。

大致上說全部說完後，我看了牆上的時鐘……

「啊！」

已經快要8點了。

今天我約好要跟白雪去看煙火。

話說回來，我們還是約7點。這下糟了。

蕾姬像裝飾品一樣坐在位子上，困惑地看著我。

「今天我要跟白……不是，我稍微有點事。我要先回去了。」

我逕自離席，但蕾姬沒有特別抱怨，甚至沒瞧我一眼。

她就在一滴未沾的紅茶前……

像人偶一樣，凝視著無人的前方。

「…………」

「……我、要、回、去、了。聽到了嗎？」

我開口確認說。蕾姬點了一下頭。

她沉默不語，點頭的動作就跟她的外號一樣，像個機器人似的。

話說回來，蕾姬雖然沒有朋友──這點一看便知──但是聽說有些男學生是她的狂熱粉絲。那些好事的傢伙，稱她為「蕾姬大人」把她當成神一樣供奉。

嗯……不管是機器人還是神，她的確是個沒有人情味的女孩。

突然，蕾姬對著我的背影，

「有事是指外出嗎？」

用沒有抑揚頓挫的聲音問道。

「是又如何？」

「請小心。這幾天，風裡面──夾雜著某種邪惡的東西。」

什麼鬼？

拜託妳用人類的語言說話吧，神明大人。

「我們學校本身就是邪惡的東西吧。」

我吐出這句話，丟下正要把大耳機戴好的蕾姬，結完帳後離開了家庭餐廳。

原本想先打通電話給白雪……不過現在直接回家似乎比較快。

白雪如果生氣的話，那該怎麼跟她道歉呢？

約了別人自己卻遲了一個大到的我，悄悄地窺視客廳一眼……

客廳裡，白雪的身影讓我瞪大了雙眼。

因為……她穿著一件不知從哪拿來的浴衣。

花紋是典雅「白」底配上撫子花樣的「雪」結晶；淺粉紅色的腰帶，高度和形狀穿戴得十分完美。衣服大概是她自力穿上的吧。

難得束起的黑髮，也是用撫子花的髮簪加以固定。

如果用一句話來形容亞莉亞，那便是「可愛」。

但如果換成白雪，則是「美麗」。

其實這點我早就知道了，在武偵高中也是眾所皆知的事情。倘若讓白雪去參加國民美少女比賽，肯定可以輕鬆得勝。她就是如此美麗。這是實話。

但身為青梅竹馬的我，曾幾何時就不再特別去注意她的美貌。

她整體的感覺突然像這樣煥然一新……也讓我再次認識到她的美貌。真叫我亂害羞一把的。

白雪規矩地正座在地板上，背對著我。她眼前有一支手機插在座充上。

她大概是在等我的電話吧。

窗戶上映照出她的身影，多少可以看見她的面孔……她似乎沒有注意到我的樣子。

——我突然想要欺負她一下。

「……」

我拿出手機，在走廊上打了一封郵件傳給她。

『抱歉，我會再晚30分鐘。』

白色的手機一亮，白雪用快到看不見的速度拿起它，雙手將它拿到眼前閱讀郵件。

接著雀躍地開始回信。

我早一步把手機轉成靜音，讀了她傳過來的郵件。

『嗯，沒關係。我會等你的。』

文末甚至還加了一個笑臉的表情符號。

妳也多少生氣一下吧。

如此心想的我……

『其實會晚三小時。今天還是不要去了。』

又試著傳了一封郵件給她。

於是，白雪又打開正要插回充電器上的手機，看到郵件後——登登登登！

她一副好像世界末日到了的表情。

呵呵呵。

明明我人就在這裡。

『別一副好像世界末日到了的樣子。』

這次我傳過去，白雪一臉困惑地猛眨眼。

遠距離遙控白雪。

真好玩。

這樣下去實在有一點罪惡感，

「好了！我們走吧。」

所以我帶著苦笑，出聲說。

「呀！」

白雪維持正座的姿勢，跳離地面約二十公分左右。

這是怎麼跳的啊？

「小、小、小金？好過分喔！你一直在那邊笑我嗎！」

白雪臉頰泛紅，站了起來。接著她晃動烏黑的瀏海——

快步想要走到我身邊時，或許因為太過緊張，在空無一物的地方絆了一跤。

「呀！」

「還『呀』勒。……啊、對了，真是抱歉，我遲到了。」

「不、不會！沒關係！完全沒有遲到！」白雪不停搖手，笑著說。

很明顯遲到很久了吧……不過既然等的人都這麼說，那就算了吧。

白雪和我對上眼後，慌忙挪開視線，用手輕輕整理浴衣。

「小、小金！這衣服怎麼樣？我用郵購買的……會不會很奇怪？」

「不會。」

「太、太好了……啊……頭髮呢？這是我剛才去學園島的美容院，請人幫我綁的……會、會不會很奇怪？」

「不會啊。」

我說。白雪鬆了口氣的表情，連我看都覺得害臊。

我有些刺癢難耐，於是開口：「那我們走吧！」接著回到玄關。

我穿好鞋子回頭，白雪說了一聲：「好！」優雅地走了過來。

接著，她輕輕穿上一雙看似新買的女用梧桐木屐。

她的動作舉手投足，都是一個完美的日本女性。

站為芍藥，坐為牡丹，行走的姿段有如百合花——這就是在形容她的動作吧。

晚上出門——

我並不討厭。

剛從強襲科轉到偵探科時……我覺得有種莫名的空虛，晚餐飯後，有時會像隻無頭蒼蠅一樣徘徊在入夜的街道上。

「……好涼啊。」

我稍微轉頭對白雪說。她碎步跟在我斜後方。

她似乎正陶醉地看著我的背影，

「對、對啊！」

隨後匆忙將視線往下移。

這舉動彷彿想要辯解說：「我沒有在看你，只是剛好視線對上了而已！」

「白雪晚上也會偶爾出來散步嗎？」

「不會。我如果不是跟小金，這個時間我不會出門的。」

「這樣啊。」

……

…………

總覺得對話無法延續。

本來除非有什麼特殊理由，我會盡量避免和女性獨處……和亞莉亞走在一起都時候，她跟我聊的話題不外乎是美軍的閃光彈如何、德國最新的小刀怎樣，可能是我已經習慣忽略她的關係，現在我無法好好和白雪聊天。

道路旁的自動販賣機不停點滅，彷彿在奚落我們似的。

「那、那個，」

幸好白雪先開口了。

「嗯？」

「我、我們……這樣好、好、好像在……約……會一樣……又好像不像……又有點像……」

「什麼？」

她的中文文法很奇怪，我聽不她在說什麼。

「我們好像在……約會一樣……呢。」

「約會？」

原來她是想說這個。

這點可要堅決否定才行。

要是讓她誤會，而後害我進入爆發模式，那可傷腦筋了。

「這不是約會。只是保鑣護衛外出的委託人。就這麼簡單。」

武偵憲章第五條：行動快速。武偵必須以先發制人為第一宗旨。

「保鑣……」

白雪端正的眉梢微微垂下，似乎有些難過，

「說、說得對。因為你是我的保鑣嘛。抱歉……說了一些奇怪的話。」

她刻意擠出笑容，賠罪說道。

在那之後……

因為我遲到的關係，當我們到武偵高中的單軌電車站時，遠方已經開始傳來煙火的聲響。

趕得上嗎。

白雪在買車票時，似乎還在猶豫要不要離開武偵高中，「那我順便幫妳買票吧？」於是我問。

「怎麼可以讓小金買呢，這樣不好意思。我自己買就可以了。」

她終於下定決心買了車票。

我一問之下才知道，至今她要離開武偵高中時，只有坐過星伽派來的車子。

在她印象中，似乎沒有坐過電車這種交通工具。

……這深閨的程度也未免太誇張了吧。

不過，我姑且算是成功把籠中鳥從籠子裡放出來了。雖然她還在我的掌中。

我們乘坐單軌電車來到台場。接著換乘百合海鷗號到有明。再從那裡改搭臨海線到新木場。最後換乘京葉線。

幾經轉車後，我們到達目的地——葛西臨海公園站後，光是這樣就讓白雪對我抱以尊敬的眼神。

這樣就被尊敬，也實在是……

我手抓後腦勺，帶著白雪從車站往海邊的方向走去。

我們走進像座小森林的葛西臨海公園。當中零星四散的電線桿，朝著海的方向接連而去。確實具有夜晚公園該有的風情。

姑且我也算是保鑣，所以我確認了周圍的狀況。現在雖然夜幕低垂，不過這裡有小賣店，也有零星的人影。應該不會有危險吧。倘若真有，大概也只有來抽情侶稅的小混混，那些傢伙不會白目到來勒索帶槍的武偵吧。

「……月亮好漂亮啊！」

「是啊。」

我們穿過公園朝海邊走去。現在還是只聞煙火聲，不見綻放貌。

朝這個方向走，會走到視野良好的人工海濱。

「……真的好漂亮喔！」

「是啊。」

「小金……那個……你現在會不會覺得很無聊啊？」

白雪圓滾可愛的黑色眼眸，不安地看著我。我搖頭說：

「不會啊。」

「那個，我……不常和男生聊天，所以不曉得男生對什麼話題感興趣……對不起。」

「妳不用在意啦。還有妳不要老是一直道歉。這習慣不太好喔。」

「對、對不起！」

「所以我就說了。」

「啊……對不……」

白雪反射性地想道歉，我覺得很有趣，於是淺淺地笑了。

白雪微低著頭，有些好笑又有些高興，臉頰也跟著放鬆了下來。

雖然我們還是一樣沒有特別的話題，但氣氛已經和剛才出門時明顯不同。

我倆繼續朝海邊走去……白雪還是一樣頭微低，

「我好像在做夢一樣……」

她相當幸福地呢喃說道。

我們來到人工海濱。

跟我預料的一樣，這裡沒有半個人。

這裡就如同字面之意，是一座人工沙灘，不過由於這裡禁止海水浴、釣魚和烤肉，因此沒什麼人會來此地。

要看迪士尼的煙火，這裡可是鮮為人知的好景點，然而……

「……已經結束了嗎。」

東京灣岸的迪士尼樂園上空，只剩下像雲朵一樣的煙火殘煙。

都已經把白雪帶到這裡了，這樣實在太糟糕。

「……抱歉。都是因為我遲到的關係。」

「不、不會！小金沒有錯啊。都是因為我走太慢的關係。」

白雪還是一如往常用白雪理論，說明錯不在我……

她的眼神，看起來有一點寂寞。

「而且我在走路的時候……有回想起過去的往事，所以沒關係的。只要聽聲音就足夠了。煙火，我已經在心中看過了。」

白雪露出堅強的笑容，安慰我說。

「過去的……往事？」

「就是青森的煙火大會啊。」

「啊！對，就是我帶妳去看……結果被罵得很慘的那次。」

好像是五歲的時候……有一次我硬是把白雪從神社裡帶了出來。

說起來，那次也是因為有煙火的緣故。

我在無意中又做了同樣的事情嗎？

「……那時候……也是小金讓我走出星伽的。」

白雪說完，腳踩沙子往海邊走去。

在難走的沙灘上，她依舊保持優美的姿段。

晚風當中——

束起的黑髮，恭敬地搖晃著。

「我還記得那次的煙火，所以沒關係。今天也……老實說我雖然有點期待……不過有沒有煙火都沒關係。不管是在月亮高掛的海邊，還是在家裡都可以。」

白雪背對星空，轉身過來。

「因為小金在我的身邊……」

她的笑容，真的是發自內心在愛慕著我。

白雪……

我……我這種人……

沒辦法當武偵，也無法變成普通的高中生，是個高不成、低不就的傢伙。

今天明明遲到了，還用手機玩弄妳引以為樂，而且連一個煙火都沒讓妳看到，我是這種男人喔。

然而妳卻一句抱怨的話也沒有。

不僅沒生氣……反而露出真誠的笑容，原諒了我。

妳怎麼會這麼溫柔呢。

這樣一來……

我反而會想要替妳做點事情，不然這心情無法平復啊。

「白雪。」

「來了！」

我稍微呼喚她的名字，所以白雪匆忙跑了過來。

「妳會不會冷？會冷吧？我想也是。好！妳穿著這個等我一下。」

我把制服外套脫掉，不容分說地將它披在白雪的肩膀上。

「小金？小金你不冷嗎？」

「我等一下就會熱起來了。我去跑一下。」

白雪一臉不解，正想要說話說——

我揚起沙子，開始往車站方向跑去。

老實說把護衛對象丟在空曠的地點並不妥當，但是，唉呀！反正根本沒有敵人嘛。

這樣沒問題的。

如我預料的一樣，這裡很安全。

我跑了一趟回來後，白雪坐在離沙灘有些距離的長椅上，把外套穿好在身上，溫順地在等待我的歸來。

「白雪！讓妳久等了。」

我出聲說……咦？

沒有回應。

「喂！」

白雪將袖子緊抱在胸前，我隔著外套拍了她的肩膀。

她猛然回過頭來。

縞瑪瑙般的黑色眼眸，帶著畏懼的色彩。

……幹嘛啊？

「怎麼了？妳在害怕嗎？」

「沒、沒有。我沒事。不要緊的。我有這個……所以不怕。」

白雪含糊其辭，稍微舉起我制服外套的袖子。

「因為這件衣服有小金的味道……就像小金在我身邊一樣。」

我苦笑。

「這是我的衣服當然有我的味道吧。沒有火藥的臭味嗎？」

「不會。味道很好聞呢。」

「妳真是個怪胎。對了，這個給妳。」

我一面說，同時把線香煙火拿給她。

這是我剛才從快要關店的小賣店買來的。

「……？」

「我們放煙火吧。雖然它的大小只有千分之一左右。」

啪嘰、啪嘰！

我們蹲在沙灘上，放著煙火。

因為對象是白雪，所以我覺得和風的線香煙火可能會比較適合她……

但這稍微樸素了些。完全無法炒熱氣氛。

即使如此白雪還是十分開心，凝視著有如迷你閃電般的火花。

睫毛修長、些許低垂且溫柔的雙眼，在火光的照爍中，漂浮昏暗的星空之下。

這樣一看，她果然是……不折不扣的美人兒。

「小金。」

「啊、嗯？什麼事？」

「好漂亮喔，煙火。」

「……是啊。」

啪嘰……

啪嘰……

「小金……你喜歡火嗎？」

火？

好籠統的問題。

「這種還可以。如果是大火之類的就會怕吧。因為那是人類的本能。」

「說……說得也對。啊……」

火球從白雪的線香煙火上掉了下來。

白雪苦笑轉頭看我，我倆四目對望……

或許是我動到了指尖，

我的火球也接著落地。

海浪打在人工海濱上，發出聲響。

「……放完了呢。」

「還有一支吧。給妳放吧。」

我拿出將剛才順便買的百元打火機，遞給她時……

白雪將線香煙火的塑膠袋抱在胸前，搖頭說：

「不，這支我要留下來。」

「為什麼啊？」

「因為是小金給我的東西，所以我想帶回去。把它點掉太浪費了。」

「那種東西妳要帶去哪。煙火就是要拿來放的啊。」

「可是……」

「它會永遠保存在妳的記憶中。」

我應付地說完，白雪點頭回應。

點頭的同時，她輕輕拿出最後一支煙火，將它點亮。

啪嘰……啪嘰！

她凝視著火花，神情十分專注，彷彿真得要把它記憶起來一般。

我沒什麼事好做，所以一直看著她的身影。

「……」

我不經意一看，和服這種衣物的構造其實還頗具性感……

前傾蹲下的白雪，胸口的部分十分敞開。

啪嘰……啪嘰！

線香煙火的亮光，一明一滅地照亮了她的肌膚。

（……喂……）

此刻，我從細縫間看到了。

這傢伙。

不知為何又穿黑色的。

那件是在那層抽屜裡面，被歸類為「決勝」的蕾絲內衣。妳這個「黑雪」

這……這麼說來，武藤以前好像說過。

和服是這個世界上最好脫的衣服……之類的。

啊——金次你這傢伙。

不要想一些亂七八糟的東西。

要是在這裡進入爆發模式那該怎辦。

想一點其他的事情讓自己鎮靜下來，來數素數（註13）吧。2、3、5——

「小金……真的很謝謝你。今晚我很高興，晚上會開心到睡不著呢。」

白雪凝視著煙火突然開口說，所以我抬起頭來。

對了，來聊天。我忘了這最簡單的方法。數什麼素數啊。

只要集中精神聊天，就可以把注意力從黑色蕾絲內衣上移開。

「睡不著……？太誇張了吧。我們只是坐電車來公園閒晃……」（註14）

13　只能被1和自己整除的數字。

14　日文的閒晃和胸罩發音相同。

我突然用詞錯誤，稍微支吾了一下。白雪疑惑地歪頭說：

「閒晃？」

「啊！沒事。我是說遊蕩……然後只是玩煙火而已吧。沒什麼了不起的。」

「……可是，對我而言卻很特別。就像奇蹟一樣。」

啪嘰……

啪嘰……

線香煙火的火球，已經小了一圈了。

「小金總是替我帶來奇蹟。入學考那一天，你也把我從壞人手中救了出來……」

「那次我只是稍微打了一架而已吧。」

「而且小時候，還有今天也是，你都帶我走到外面的世界來……所以啊，我在武偵高中……才會想要回報小金的恩惠。」

「沒什麼恩惠，所以妳也不用回報啦。」

我打馬虎眼說完，白雪又是一臉幸福的笑容。

「小金果然是小金呢。」

「什麼意思啊。」

這時，最後的火球掉落了。

我倆看著火球逐漸在沙灘上消失。

白雪眨了一個長長的眼睛，彷彿想把這幅光景記錄在心裡一樣。

接著她站了起來，高雅的舉止讓人為之嘆息。

我配合她也站了起來。

海浪拍打人工海濱的聲音，自周圍傳來。

「上次，我用巫女占卜牌幫小金算命的時候啊……」

白雪朝著海浪線的方向，用微弱的聲音唐突說道。

於是我才想到，就是那個「整體運勢幸運」，聽起來像隨便說說的占卜嗎？

「其實……占卜真正的結果……是說小金會『消失』。」

「……消失……？」

「從目前在的地方消失，在幾年以內。」

「那是代表我會轉學到一般學校去吧。表示我的心願會實現，應該在明年左右吧。」

「……我覺得那是代表……你會被亞莉亞帶到其他地方去……」

「哈！」

白雪說的話，我短笑以對。

但白雪的態度依舊顯得軟弱無力，彷彿被什麼東西給束縛住一般。

「因為亞莉亞改變了小金。小金和亞莉亞相遇後，變得比以前還要開朗……」

「我嗎？」

說我覺得意外，但我內心的某處卻又不這麼覺得。

這種感覺反而更讓我意外。

亞莉亞改變了我……？

「……沒那種事。」

我否定的聲音，比我想像的還要小聲。

「……沒關係……」

「什麼沒關係？」

「只要小金可以幸福……如果你喜歡亞莉亞……想跟亞莉亞在一起也沒關係。就算在暗處也好，我想要支持小金……回報你的大恩。」

「喂、喂！妳在說什——」

「所以至今為止，我覺得自己做了許多的努力。不論是讀書、學生會還是社團活動我都很認真，想要加深自己的能力……可是那些東西，最後都沒派上用場。」

白雪她……打斷了我的話，開口說。

她是怎麼回事。跟平常的她不一樣。

總覺得她似乎想把至今一直藏在心頭的話語，一口氣向我傾訴似的。

「……不要說一些奇怪的話。我之前有說過，亞莉亞只是普通的夥伴而已。而且，為什麼妳從剛才開始都用過去式的語氣在說話啊。該不會……妳是在說上個月『武偵殺手』的事情嗎？」
我沒有當面問過她，不過從白雪的個性來思考……
白雪或許很在意自己在「武偵殺手」的事情上，完全沒有幫上我的忙吧。
因為在緊要關頭時，跟我在一起的人是和白雪八字不合的亞莉亞。
「不是的……」
白雪突然回頭說……周圍很暗我看不太清楚，不過她的眼眶似乎帶著淚光。
接著，
「小金！」
「喂、喂！」
她突然跑進我的懷中。
之前光是要坐到我身邊就要花上幾分鐘的白雪，冷不防做出這個舉動。
這、這到底是怎回事？
「小金，對不起！真的很對不起！」
白雪抬起頭來，不知在為何事道歉。
但我看著她濕潤的眼眸，頓時無法言語。
浮在月光下的那張臉蛋，沒錯，我打從一開始就知道了……
她真的很漂亮。

雖然季節有些不對，但這身浴衣以及高束的頭髮，都十分適合這位大和撫子。

青梅竹馬——這層像水一般重要的關係，讓我倆從幼時開始就像朋友一樣，但卻不允許其他多餘的情感介入其中。

現在，我知道有一種類似糖蜜的東西滲出，混雜到這層關係裡。

——一種甜美到會使人為之瘋狂，讓人不自禁想要喝乾它的東西。

「小金……抱歉我突然這樣……我之前怕會被你討厭，所以一直不敢開口……請你答應我一個任性的要求，實現我一個夢想吧……」

白雪嘴唇顫抖，表情充滿了情感，彷彿說完接下來的要求就會死去一般……

「只有現在也好，就算只有現在也好——請你，眼中只有我……」

一陣早夏的清涼晚風，輕撫過我們的時候——

白雪輕輕閉起瀏海下溫柔可愛的雙眼。

「……吻我……」

我應該沒有聽錯吧。

她的聲音雖小，但我們如此貼近。

為什麼……

為什麼突然演變成這樣……

驚訝讓我的心臟大聲鼓動，我馬上確認血液流動的方向。

可是……這個感覺有點不同。

流動的性質，不是要進入爆發模式的那種。

這跟平常的契機——性亢奮有點不一樣……

這大概是因為白雪看起來實在太過苦悶的緣故。

我無法言語。

當我發現時，我的手已經違背了我的意志，本能性地不知道是想要制止白雪還是如何，就快要輕放到她浴衣的背上時——

咚！

遠方傳來爆炸聲。

「？」

一種比任何東西都還要原始，想要保護彼此不受到危險的本能。

白雪驚訝地縮起肩膀，而我則是突然回過神似地抬起頭。我倆同時朝聲音的方向看去。

迪士尼樂園上空，咚！咚、咚！

大朵的煙火，接連升空綻放。

剛才我誤以為煙火已經結束，看來那似乎只是彩排……而已。習慣真是沒藥醫……

剛才那一瞬間，我下意識將委託人白雪的左胸，挪到聲音方向無法觸碰到的位置，同時挺出自己的右肩保護她。

手也在不知不覺間放在隨身攜帶的貝瑞塔上，以求心安。

這是之前在強襲科受過訓練的緣故。

就連煙火的聲音，也會讓我擺出架式。

在一心煩惱的白雪面前，我卻做出這種愚蠢的失態，叫我好生尷尬。隨後，我回過頭，卻無法正視白雪的臉孔。

我倆腳步的距離，剛才還靠近到能夠觸碰到彼此的腳尖。

現在這四十公分左右的距離，看起來就像是一個無法挽回的遙遠距離。

「……抱歉。」

白雪的聲音好像放棄了什麼似的。我抬起頭看她時，她已經在凝視煙火。

她的眼神有些空虛，宛如自己不在此處一般。

我沒辦法，只好跟著抬頭仰望有如魔法般升起的彩色煙火。

早夏的煙火，點綴了宛如漂浮在海面上的東京夜景。

我們看著煙火，有如魂不附體似的。

——殊不知，這將會成為我們離別的序曲。

5彈　鑽石冰塵

連休結束後，亞特希雅盃開始了。

我負責的是閉幕典禮亞魯卡達的演奏，因此接下來這段時間，課程時數會縮短，我也要幫忙一些活動上的事。

昨晚，白雪回到學園島後……說有東西忘記拿，隨後就跑回女生宿舍去了。

接著在那之後，我收到了一封郵件。

『小金，今晚真的很抱歉。你在生氣吧。我沒有臉見你，今晚我直接睡在自己的房間。』

老實說，日夜都在防備根本不存在的敵人，實在愚蠢地叫人吃不消。

而且剛才的夜遊相當不設防，最後還是平安無事，

『我沒有生氣啊。剛才的事情已經結束了。妳別放在心上喔?還有，如果中斷任務會被教務科扣分，所以我暫時還是會繼續當妳的保鑣。妳明天委員會的工作結束後，打通電話給我。』

我回了信後，就獨自上床就寢。

不過，昨晚似乎沒睡好。

人工海濱的事情讓我有些尷尬，而且……我有一種莫名的不安。

雖然我不知道原因是什麼。

……多虧如此，今天我完全睡眠不足。

現在我耐著睡意，和武藤兩人在講堂——亞特希雅盃開幕式會場的出入口，當剪票人員。

學校有好幾個出入口，不過講堂位於武偵高中相當內部的地方，所以不需要擔任警備的工作。

而且我們負責的地方，是通往記者休息室的出入口。

這讓我們閒得發慌。

開幕典禮前，還會有一些拿著相機和麥克風的記者通過這裡……

不過現在已經下午3點，根本不會有人經過這裡。

「……我們演奏的那首 Who Shot The Flash（是誰放出了那道光），是原曲的翻唱加拷貝，而且還重新填詞過吧？改這麼大已經變成笑話了。」

武藤閒閒沒事做，坐在鐵管椅上發牢騷說。

「為什麼會用那首歌啊？」

我沒事做，也陪著他聊天。

「那個 bang、babang（砰、砰砰）的歌詞。那邊沒有改不是？因為那邊很像槍聲的關係。」

「喔……該說這是武偵高中的風格呢，還是……」

我忍住哈欠，眺望窗外的天空。今天也一樣是大晴天。

「對了，最後星伽同學……還是不參加亞魯卡達的啦啦隊嗎？」

「白雪？她說她不參加。」

「是喔——」

武藤拖長語尾，似乎覺得十分可惜。

「話說回來……金次你在當星伽同學的保鑣吧？」

「嗯，和亞莉亞一起。」

「星伽同學被護衛真是一點都不奇怪。她本來就是那種讓人會想保護她的類型。」

「我倒是不覺得她需要人保護。」

她的實力可是和亞莉亞旗鼓相當呢。

「……那……金次。你選哪個？」

「什麼哪個？」

「星伽同學和亞莉亞。哪個才是你喜歡的類型？」

「什麼？」

我皺眉。

兩個都不可能，正當我想如此回答時……

武藤早一步把鐵管椅朝向我。

「是亞莉亞吧？」

「為啥是她啊？」

我怎麼會驚了一下呢。

「這個嘛……總覺得，你跟幼齒的女生比較合得來。」

「一點都不合！那種小母獅。我可是人類耶。」

「上次亞莉亞在一般校區和班上的女生聊天……結果她都在聊你的事情喔？妳們果然是兩情相悅。」

「不可能。」

「那金次，那個……你和星伽同學該不會感情很順遂吧？」

「……我說啊。為啥連你都要做一些無聊的猜測啊？」

我想起昨晚白雪的事情，有些不高興。

「哎！啊……就是那個啊，武偵本來就是好奇心旺盛、什麼都做的職業吧？」

「……好奇心殺死貓。一位武偵寫的書裡頭，有說過這句話。」

我簡單說完，手肘撐在桌上不再回答。

「你快說啦。不然我就用四噸卡車輾死你。」

「來啊、來啊！來輾吧。我會用金次樣式的貝瑞塔來還擊的。」

我用強襲科派的應答法回答，同時進入武藤忽視模式。

然而武藤依舊不死心。

他不停看著我，眼神似乎在說：「你——快——說——啊。」

1分鐘。

2分鐘……

3分鐘過後，武藤低頭，將刺蝟頭對準我……

「——抱歉！」

「沒頭沒腦的做什麼？你聲音太大了吧。」

「我差一點就變成卑鄙小人了！」

「？」

「我居然想湊合你和亞莉亞。希望你可以……和自己喜歡的女生情路順遂！」

武藤將手交叉在胸前，眼神朝向斜上方。

……莫名其妙。

我真搞不懂大家在想什麼。

我不想再扯這個話題，武藤飄散出來的氣氛也是如此，因此我們將話題拉回到音樂、電影和摩托車，藉以打發時間。

四點後，武藤的勤務時間結束。最後剩我單獨一人留在無人通行的出入口，無所事事，只能發呆消磨時間。

日照當中，我坐在鐵管椅上，敗給了睡眠不足和未脫離連休氣氛的心……終於開始打起盹來。

昏睡中，我夢見亞莉亞臉上掛著兩行眼淚，正在追著滾下坡道的桃饅跑，最後摔進了水溝裡時……

「喂！金次！」

碰！

我的肩膀被武藤抓住，因而醒了過來。

「？」

糟糕，我似乎完全睡死了。

牆壁上的時針前進了許多。

已經五點了。

武藤呼吸急促，似乎是一路奔跑折回此處。

他好像不是氣我在打瞌睡。怎麼回事？

「怎了？」

我皺眉問。

武藤指著我口袋中的手機說：

「狀況D7！發生狀況D7了！」

——我的睡意瞬間飛到了九霄雲外。

狀況D，這個暗號表示：亞特希雅盃的舉辦期間，武偵高中內發生了事件。

但如果是**D7**，則表示：「狀況雖發佈，但眼前尚無法確定是否為事件，只會有部分人士會收到通知。此外，為了護衛對象的人身安全，收到通知後不得擅自引發騷動。武偵高中也會依定原計畫，照常舉行亞特希雅盃。一切處理必須秘密行事。」

我拿出手機，睡著的這段期間，武偵高中確實寄來了宣導郵件。

我出包了。

手機一直設定在靜音模式，所以我沒注意到。

也有好幾通武藤的未接來電。

發生了什麼狀況？

我正要閱讀郵件時，武藤早一步低聲告訴我：

「聽說星伽同學失蹤了。好像中午過後就連絡不到她的樣子。」

「失蹤？」

我慌忙想確認學校寄來的郵件時——

突然發現白雪寄了一封郵件給我。

信件的內容，讓我的血液為之凍結。

『小金，抱歉。再見。』

——反常。

我是她的青梅竹馬，所以我知道。這文面太反常了。

昨天的事讓她很尷尬而離家出走——事情應該沒這麼簡單吧。

人工海濱的事情，昨晚我寄的郵件已經讓它落幕了。

白雪的本意我不得而知，但她是一個很順從的女孩。我如果說結束，她就會讓事情落幕，也不會再談那件事情。會把它當作一切都沒發生過。

而且，白雪的責任感很強。負責的事物——亞特希雅盃的工作，她一定會確實做到閉幕典禮為止。就因為這樣的她突然消失，學校才會發佈狀況D吧。

我很清楚。

這不是單純的失蹤。

她肯定出了什麼事了！

事到如今，我說什麼都是藉口。

白雪和我，從未感覺到一絲的危險。

就連一開始費心警戒四周的亞莉亞，最後都放棄了任務。

就算如此——

我也太粗心大意，過於疏忽。

白雪或許真的被盯上了。

我想起幾天前，自己對亞莉亞怒吼的話語。

『妳希望敵人是存在的。因此在不知不覺，敵人就變得「真的存在」了！』

這句話或許說反了。

我希望「最好不要有敵人」……結果在不知不覺間，真的覺得「敵人是不存在的」。

我來到武偵高中的一條小路。

現在的我，只能在毫無線索的道路上四處張望。

我和武藤分頭尋找，但究竟該如何找起？

現在的我，完全像隻無頭蒼蠅！

礙於狀況是D7。要是任意探聽情報可能會適得其反，反而讓白雪遭逢危險。

白雪的手機不通，因此我又打了通電話給亞莉亞；但這邊也不知為何，無人接聽。

明明有嘟嘟聲。

（亞莉亞……！）

要是照原訂計畫，和亞莉亞兩人一起護衛白雪，事情或許不會演變成這樣。

但是她會離開也是因為我的緣故。

我不接受她的看法，不相信她的直覺，最後還趕走了她。

（我……真是一個差勁到底的混帳！）

這樣的我，白雪說她願意相信。就在我開始獨自保護她的那天夜裡。

她說「我相信你」。

然而，我卻背叛了她的信賴！

我像野狗一樣在道路中亂竄，來到小路四處張望。

10分、20分——

唯獨時間，無意義地不停流逝。

我……只能束手無策嗎？

現在的我——

連一個女生都保護不了嗎？

我是多麼地無力！

（可是……就算如此，我也必須做點什麼才行！）

事到如今我就算走遍學園島各角落，也要找到線索。

只有找了，我能做的只有這個。

白雪。

我不是妳說的那種英雄。

我是一個混帳王八蛋。妳深陷危機時，我卻在那裡打盹。

可是，就算我是一個混帳王八，我還是必須回報妳對我的那股信賴！

——要不然，我就真的連混帳都不是了！

我氣喘如牛地跑到武偵高中的南側時，有通電話進來了。

我幾乎是用硬抽的方式拿出手機，

『金次。我是蕾姬。我現在正看著你。』

——蕾姬！

『聽說現在是D7對吧。狙擊競技的休息時間時，我用手機確認過了。』

「啊?·對。」

這麼說來，蕾姬好像代表日本參加亞特希雅盃的樣子。

手機的另一頭，『妳在搞什麼鬼!·蕾姬！』、『明明就快要破世界紀錄了說！』間接傳來了吼叫聲。

蕾姬的說話聲，被那些局外人的聲音給蓋過。

「蕾姬妳現在在哪?旁邊太吵了，妳剛說什麼我沒聽清楚!」

「我在狙擊科7樓。」

「狙擊科——」

我轉向北方。

狙擊科的大樓，位於學園島北側一塊向外凸出的土地上，地下還有一個細長的狙擊場。

『抱歉，有雜音。那些聲音和委託人沒有關係，請你冷靜下來。』

「什麼?到底是怎麼回事?」

『我在狙擊競技的比賽中離開了狙擊場，失去了參賽資格。所以大家似乎在生氣。』

手機傳來開窗的聲音。

接著，砰!

一聲槍響。

電話另一頭的騷動更加擴大。

蕾姬——!

正當我呼喊她名字的瞬間，磅!

我身旁的路燈應聲破裂。

不知所措的我，驚異之餘靜止不動。

『金次，請你冷靜下來。人類如果失去了冷靜，能力就會減半。』

剛……剛才的那個，是蕾姬射破的嗎？

狙擊科大樓距離此處，幾乎有兩公里遠喔？

『現在的你就是如此。你冷靜下來了嗎？』

「啊……嗯。」

話筒傳來更換彈匣的聲音。

她一面講手機——

而且還是用那把老舊的德拉古諾夫狙擊槍，居然可以做到這種精密射擊。

『我沒有找到委託人，但是我感覺海水的流動很奇怪。在第9排水溝附近。』

學園島是一座人工浮島，外圍有二十八條排水溝。

不規則流入島內的水分——例如雨水等就是從這些水道，利用幫浦排出。

「哪、哪邊？」

我一問，

『——我……是一發子彈——』

話筒傳回一段類似咒文的話語。這是蕾姬集中精神時的習慣。

咻！

我腳邊附近的柏油路，被狙擊槍的子彈劃傷。

接著，咻！

咻、咻、咻咻！

什……什麼狀況？

蕾姬活用德拉古諾夫的速射能力，在柏油路上點畫。

『在那個方向。請你調查一下。我繼續在這裡搜尋委託人的蹤跡。』

彈孔最後形成了是一個箭頭，可以收納入邊長三十公分的四方形內。

排水溝流出的水流，看不出有任何奇怪的地方……

但第九號水溝的蓋子，有被拆下又裝上的痕跡。

她居然從那麼遠的地方，觀察到這種細微小事所產生的海面變化……但現在不是佩服蕾姬過人視力的時候。

我調查武偵手冊，看看這排水溝通往何處。

「地下倉庫！」

我呢喃出的話語，讓我汗水直流。

這不是因為奔跑所流下的。而是冷汗。

東京武偵高中內皆為險地，而當中還有三大危險地區，強襲科、教務科……最後一個就是地下倉庫。

地下倉庫不過是對外的委婉說詞。

簡單來說，那裡是——

火藥庫。

不妙。相當不妙！

我不是亞莉亞，但我有不好的預感。

武偵高中在不知不覺間發生了狀況。

而白雪被捲入其中！

武偵高中的地下是多層構造，如同船隻的甲板一樣，而從地下二樓開始就位於水面下。我從樓梯跑到那裡，接著飛奔到通往下方禁止進入區域的電梯，輸入緊急用密碼。

但電梯卻毫無動靜。

奇怪。

平常不是如此。這點我可以確定。

我進到變壓室，到角落拉開固定逃生梯的堅固安全栓。

梯子用的門扉像人孔蓋一樣設置在地板上，是由三層金屬板所製成，浸水時也可以充當隔離壁。

我利用認證密碼、鑰匙卡，以及武偵手冊內建的非接觸式ＩＣ卡打開梯子門，放下梯子到下一層樓。

到達鍋爐室後，一樣用梯子往下，從地下三樓、四樓，一直移動到五樓。

匆忙之中，生銹的梯子劃破了我的手皮，持續增加傷口。

……好痛。

真的很痛。

但我沒空理這些。

白雪在下面的可能性就算只有一％，我也必須全速下去。

一切都是為了白雪，為了幫助相信我的她！

最後我終於到達地下七樓。

地下倉庫。

這裡是武偵高中的最深處。

第九排水溝就是連接此地。

當然，就算順著排水溝而下，要來到這裡也不是輕而易舉的事情……

可是只要有心就會成功。同學之間的對話常提到，武偵高中在構造上佔地廣闊，面對外來的入侵者並不是牢不可破。只不過，島上有幾百名武偵在閒蕩，所以沒幾個笨蛋會想擅自闖入。

我到達地下倉庫的一角、一間似乎已經沒在使用的資料室後，發覺到一件事情。

好暗。

我輕聲打開門，注意不讓門發出聲響，朝走廊看去還是一片漆黑。

這裡失去電力。

唯一點亮的只有紅色的緊急照明燈。

我拿出手機想要連絡武藤或蕾姬，不料手機卻無訊號。IMCS（註15）似乎被破壞了。

該死！

我氣自己的愚蠢，居然沒有事先防備此種狀況。

自以為一切會像電玩一樣順利，燈光和通信不會被敵人癱瘓。

事到如今，回到地上只是浪費時間。

現在時間大於一切，比通信和燈光更重要。

我不知這是否為正確的判斷。

不過，白雪在這一分、這一秒，可能都會受到傷害。因為我這個蠢蛋的失誤。既然如此我必須加緊腳步！除此之外別無他法。

15　室內行動通訊系統，Inbuilding Mobile Communication System。用來提升3G手機電波的室內小型基地台，讓使用者就算位於電波無法順利傳送的大樓內部或地下室等區域，也能使用3G手機通訊。

我走在通道上，盡可能壓低腳步聲，尋找白雪的身影。

走廊很寬敞，彈藥架在左右兩邊接連不斷。

我用手機的燈光查看武偵手冊，知道通道前方是一個類似宴會廳的大空間。

那地方被稱為大倉庫，地下倉庫內最危險的彈藥都被集中堆放在那裡。

從那裡……

「………！」

我感覺到人的氣息。

有人在爭論。

內容雖然聽不清楚，但可以確定的確有人在裡面。

我把手伸向貝瑞塔——

摸到槍把後，我皺了眉頭。

紅色燈光下的昏暗室內，周圍到處寫著「KEEP　OUT」、「DANGER」等警告標語。

這裡是火藥庫。

萬一子彈跳彈不幸引爆彈藥，武偵高中會被炸飛。

這可不是比喻法。

學校真的會像被魚雷直擊的戰艦一樣。這裡保管了相當大量的火藥。而且一眼望去，放置的方式還十分粗糙。

萬一連環引爆，武偵高中的教職員、學生、亞特希雅盃的選手──世界各國的優秀青年武偵──中，肯定會出現大量的死傷者。

不僅如此。現在校內還有前來採訪亞特希雅盃的記者群。幾百名高中生如果被炸成屍塊到處飛散，這種前所未有的人間煉獄肯定會上新聞。

……總之，在這裡不能用槍。

我從口袋裡拿出蝴蝶刀，不作聲將它打開。

紅色燈光下，刀刃閃爍紅光。

蝴蝶刀在構造上容易發出聲音，因此不利用潛入搜查。

我必須小心，不要隨便揮舞或振動到刀子。

思考的同時，我一邊將刀刃當作簡便鏡子，輕輕用它來確認轉角前方的狀況。

我一陣訝異。

紅色燈光下，距離我50公尺左右的牆邊，在堆積成山的彈藥旁──

穿著巫女服的白雪站在那裡。

她正在和某人的人對話。那人潛伏在彈藥架的另一側，架子排列得相當不規則──或是刻意排列成如此──所以我看不清楚對方的身影。

我衝動之中原想立刻衝過去，但還是努力克制住自己。我必須先掌握狀況。因為那個人現在可能用槍指著白雪也說不定。

我將身體貼近到轉角處，豎起耳朵。

「為什麼這麼想要得到我，魔劍。我根本沒什麼了不起的能力……為什麼？」

白雪的聲音害怕至極。

魔劍！

原來他是真實存在的嗎……！

「因為有人想要鑽漏洞。但是他們不知道有人會將計就計。」

帶有古風的男性措詞，但聲音卻是女性的聲音。

「有人假裝締結協議，私底下卻在防備。然而在鬥爭當中，懂得將計就計的人將會贏得勝利。我偉大的祖先，就是在黑暗的背後——也就是在亮光下，暗中策劃事物。」

「那是、什麼意思……？」

「敵人在私底下開始訓練超能力者。我們就在他們的背後訓練更厲害的超能力者，而妳是一塊大原石，而且保護妳的武偵是個缺陷品，會找上妳是再自然不過的事情。這沒什麼好不可思議的。白雪。」

「缺陷品的武偵……？妳在說誰！」

白雪的聲音參雜了憤怒。

反觀另一位女性，聲音則帶有一點嘲弄的意思。

「福爾摩斯稍微有點難纏，不過一切都照我的計畫，遠山金次替我支開了她。他如果不是缺陷品，那誰才是？」

「小金他——小金他不是缺陷品！」

「不過事實擺在眼前，他沒有辦法保護妳不是？」

「這……不是這樣的！小金才不會輸給妳！我只是不想給他添麻煩……所以才沒有叫他而已！」

一個冷笑打斷了白雪的叫聲。

「不想給他添麻煩嗎。不過白雪。妳也一樣中了我的計謀喔？」

「我……？」

「妳還記得電話的事情吧？」

陰影處傳來的聲音，讓我的心臟險些停止。

那不是**我的聲音嗎**！

這傢伙在模仿我的聲音嗎！

「馬上過來，白雪！快點！我在浴室！」

「！」

我知道白雪倒吸了一口氣。

女性似乎在享受白雪的反應，愉快地續道：

「福爾摩斯裝了很多監視器，但真正在監視你們房間的人其實是我。妳在客廳的窗邊，然後遠山的浴室燈熄滅……剛好神崎亞莉亞又回來了。依我的個性，可不會放過這麼好的機會。」

「妳假裝成小金操控我，讓小金和亞莉亞……失和……嗎？」

「接下來就跟滾雪球一樣了。不到幾天，亞莉亞就離開了你們。」

她一直在監視嗎？

她早就靠近我們了嗎？

——魔劍。

靠近我們。靠近我和亞莉亞，還有她的目標——白雪。

接著，先疏遠護衛白雪的核心人物——亞莉亞。

等我露出破綻。

現在又想帶走白雪……！

「Follow Me，白雪。不過……在成為我們的一員之前，妳必須對遠山感到徹底的失望。妳這等優秀人才，應當奉獻的對象另有其人。」

女性接下來的話語，讓我腦中一片空白。

「我現在就帶妳去，去伊・幽。」

伊・幽。

讓神崎香苗女士——亞莉亞的母親背負有期徒刑864年的冤罪，同時還利用「武偵殺手」峰・理子・羅蘋4世，

殺害了我大哥！

大哥。

自幼開始，他就是我嚮往的對象。

比任何人都還要強悍、聰明和溫柔的大哥。

卻被那些傢伙們……！

我知道自己的血液直衝腦門。

緊握的拳頭中，不停晃動大哥的遺物——蝴蝶刀。

喀啦、喀啦！

「還有一點，」

女性的聲音稍微清楚了些。

「這次，有一點我失策了。我似乎錯估了妳的個性。我原本以為妳是個遵守約定的人。」

「……妳在說什麼……？」

「妳跟我約好，說妳願意配合不會抵抗，相對地我也不能對武偵高中的學生，特別是對遠山金次出手。我聽得很清楚。但是，妳卻私底下──『把那傢伙叫來了』！」

最後一句話，聲音的方向改變了。

很明顯是對著我這邊說。

──被她發現了嗎！

如此心想的瞬間，我大叫：

「白雪快逃！」

同時朝著她們的方向跑去。

如果你說我現在腦中只有憤怒，我也承認的確有一半是如此。

但我不是毫無考慮就行動。

聲音的位置──敵人所在之處，我大致掌握到了。

既然如此，我就撲上去殺得她措手不及，只要能一口氣逮捕她事件就結束了。

而且這裡是火藥庫。

敵我雙方都無法使用槍械。

她距離我50公尺。以我的腳程大約7秒。

在這短短7秒間，我斷定她無法掌握我手中的武器，無法決定要戰要逃，也無法拿出武器調整態勢，絕對不可能！

「小金！」

白雪驚訝的聲音，迴盪在大倉庫內。

「不可以過來！你快逃！**武偵是贏不了超偵的！**」

在她形同悲鳴的叫聲之後，

一樣東西以電光石火之速，刺中了我的腳邊。

「嗚喔！」

碰的一聲響遍倉庫，我整個人前倒撲在地上。

我的腳邊插著一個優美彎曲的銀色刃物。

我知道這個武器，過去曾經在強襲科的教科書中看過，這東西是法國的刺刀，叫做無鍔彎刀（Yataghan），是裝在細長的古式槍枝前端、類似軍刀的小型刀刃。

「『聖女之鎖（l'anse de la Pucelle）』——被當成罪人扣上枷鎖的屈辱，你也來體會一下吧，武偵。」

在女性的聲音之後，某種白色物體以刺刀為中心，開始逐漸擴散。那白色物體發出啪嚓、啪嚓的聲響，我感覺到自己的腳被黏附在地板上。

動、動不了。

「——嗚！」

白色物體擴散到我想要舉起的手肘。

這是怎麼回事……？

好冰。

……這是冰！

刺刀上看不出有任何機關。我的腳邊也只是普通的塑料地板。

她到底做了什麼。

我無法起身。

冰把我縫在地板上了。

「我們一族在亮光之下，擅長將計就計的謀略。因此我在這個世界上，最討厭的東西就是『失策』。」

至今形體未明的敵人說完——

室內的緊急照明突然消失。

四周完全籠罩在黑暗當中。

「……不、不要！住手！妳想做什麼！嗚……！」

鏗鏘！

白雪的方向傳來一陣金屬音。

敵人正在移動。

「——白雪！」

我大叫，白雪沒有回答。

怎麼回事，她被怎麼了！

我雖然焦急——

但現在我被冰黏在地板上一籌莫展。

不，不光是現在而已。

我沒有幫上任何忙。

我沒有幫到白雪，反而還讓事態更加惡化。

打一開始就是如此。從我開始當白雪的保鑣時。

我無法做出正確的判斷，毫無準備只會虛度光陰，真正遇到狀況時……我只能厚著臉皮來到這裡，最後還幫了倒忙。

眼看白雪就要遭遇危險，我卻無力挽救。

只能在一旁看著事態逐漸惡化！

唰！

另一把刺刀劃過空中的聲音。

伸手不見五指，但我卻清楚明白。

那把刺刀是來取我性命的！

就在此時，有另一把刀刃從我的後方飛來——鏘！

空中瞬間火花四散。

我……

還活著。

怎麼回事？

剛才發生了什麼事？

「好了，現在換手了。」

一個**娃娃音**，彷彿切裂了我心中的黑暗。

房間角落的天花板，一盞燈亮起。

隨後光線接連不斷。

在寬敞如體育館的大倉庫內，燈光一個接一個地亮起，繞行了室內一圈。

漆黑的黑暗，逐漸被純白的光線所取代。

「妳在那裡對吧？『魔劍』！我要以略誘未成年人未遂的罪行逮捕妳！」

一個人踩過我的背後和腦袋走向前來，她穿著武偵高中的水手服。

「亞莉亞！」

「福爾摩斯嗎？」

女性的聲音不知從哪傳來，只聞其聲不見人影。

同時白雪也……消失了。她似乎被拖進火藥架的內側。

火藥架的細縫中，

咻、咻！兩把刺刀朝著亞莉亞飛來。

接著鏗、鏘兩聲。

只見亞莉亞像風車一樣揮舞短日本刀，當場將兩把刺刀彈飛開來。

「妳就多丟幾把吧？這種程度就跟棒球的打擊訓練場一樣。」

亞莉亞把刀子像球棒一樣拿起。

突然某處傳來關門聲。

……片刻的沉默之後……

「逃走了嗎。」

亞莉亞朝我轉過身，拔起刺在我身旁的刺刀，隨手丟向一旁。

接著，她蹲在我腦袋旁邊。

「唉呀！笨蛋金次也稍微幫上忙了。」

「什、什麼意思？」

「所謂適材適用。笨蛋金次模式的笨蛋金次，也有適合笨蛋金次的利用方式。」

人一出現，馬上又滿嘴笨蛋、笨蛋的。

還有妳不要蹲在我前面。

我扭動唯一能自由活動的脖子轉向側面，以免自己看到百褶裙下的風光。

亞莉亞伸直膝蓋，跑步往前想要去看白雪的狀況——

突然她緊急煞車，帆布鞋發出悲鳴。

長逸的雙馬尾朝身體前方飄動。

「……？」

我注視著她。

亞莉亞後退一步，將刀子往空中一揮。

一個看不見的物體，應聲被切斷。

「……怎麼了？」

「鋼琴線。正確來說，這大概是奈米繩索。剛好在我脖子的高度。」

亞莉亞環顧四周，再次揮刀斷繩。

「這條也是在我脖子的高度。繩索被巧妙地拉成斜線，如果我直接跑過去就會切斷我的頸動脈。看來她是打算如果飛刀沒有殺死我，就用這個來收拾我吧。」

「那、那傢伙真是心機……綁走白雪的同時，居然還設下這種陷阱……！」

「不過，這全都是徒勞的。她騙不過我的眼睛。」

亞莉亞自信滿滿地說完，撿起剛才救我時所扔出的刀子，同時再度朝白雪的方向走去。

——隨後，她回到我身旁蹲下。

「白雪怎麼樣？」

「她沒受傷。不過她被綁起來了。你也來幫忙。」

亞莉亞說話的同時，把單膝壓在我身上。

同時用刀子，剝開我凍結在地板上的手腳。

「亞莉亞妳……消失的這段期間在做什麼啊？」

「『魔劍』在我們看不見的地方監視白雪。我也感覺到她的逐漸縮短距離。可是我和蕾姬在的時候，她絕對不會來襲。所以我就『故意』放棄保鑣的工作。」

「在強襲科的屋頂吵完架後……妳是故意消失的嗎？」

「武偵憲章第二條。與委託人訂下的契約，必須確實遵守。我絕對不會捨棄任務。雖然我看到你在屋頂上睡覺是真的有點火大啦，不過也覺得那是個好機會。」

亞莉亞把我的手肘從地板上剝開。

「『魔劍』在伊・幽裡頭也算是屈指可數的謀士。不過多虧你馬虎的護衛方式，終於讓那傢伙不再注意我的動向。幹嘛？你的眼神很不滿喔。想抱怨嗎？」

我終於恢復自由之身，對於亞莉亞滿口笨蛋、笨蛋，還有如往常一樣危險的做法，暫時決定不開口抱怨。

從結果來看，她畢竟救了我一命。

「敵人的──氣息消失了。逃走了嗎？」

方才我看手冊確認過這裡的隔間圖，從這裡應該只能向上移動才對。

「敵人如果是複數，首先要取出距離，從遠方巧妙分散敵人的戰力，然後一對一個別擊破。這是魔劍的戰術模式。」

原來如此……所以我和白雪，也是被那傢伙巧妙分散開的嗎？

「不過，像她那種謀士有一種傾向，一旦計畫出錯就會想要將一切回歸『虛無』。如果是這樣，她可能會再次回來殺害白雪。我們要幫白雪鬆綁。」

亞莉亞說完起身，抓著我的袖子，拉著我朝白雪的位置走去。

白雪在倉庫牆壁旁，維持站姿被鎖鍊綁住。

她口中塞著布，不停哼叫。

我拿下那塊布後，

「小金你不要緊吧！有沒有受傷？」

她把自己的事情擺到一邊，先擔心起我來。

「我不要緊。妳才是……」

我說著，伸手拿起纏在白雪胸部下方的鎖鍊。

鎖鍊每個環扣都像漢堡一樣巨大厚實，被繫在沿著牆壁的鋼鐵管上。而鎖頭也不簡單，是人稱「滾輪鎖」的物品，外型和座鐘一樣巨大，總共鎖住了三個地方，相當棘手。

我和亞莉亞從武偵手冊中拿出撞匙（bump key），著手開鎖。

然而，或許是因為鎖頭相當複雜難解，我們一個也打不開。

「小金……對不起……如果我不穿成這樣，私下來這裡的話，她就會炸掉學園島，還會殺了小金……」

聽到這句話，我心中又是一陣苦澀。

我在不知不覺間，被當成交易的籌碼嗎。

「她什麼時候說的？」

「昨天……小金去買線香煙火的時候，我收到恐嚇郵件……我好怕小金會受到傷害……所以只能、聽從她……嗚嗚……」

「好、好，現在別哭了。」

是那個時候嗎。

難怪在那之後，白雪的樣子很奇怪。

「亞莉亞也是……對不起。我對妳這麼壞……妳卻跑來救我……」

聽到白雪的話，亞莉亞「欸」了一聲，臉頰略微泛紅。

「我、我只是……因為接下委託所以才保護妳的。我真正的目的只是為了逮捕魔劍而已。所以妳不用謝我。」

亞莉亞一邊說著，同時拉扯鎖鍊想要替白雪鬆綁。

她的言行雖然有些矛盾之處，不過現在先別管吧。

話說回來……這鎖頭實在拿不下來。

如果白雪用她超人般的劍術，或許可以——，話雖如此，但現在被綁住的就是她本人。仔細一看，她的日本刀也被魔劍帶走了。

那砍斷牆壁上的管子呢？看似可行，但這粗大的管子，如果不利用大型工具，恐怕是聞風不動吧。

當我在調查鎖鍊的接縫，看有無比較脆弱的地方時……

亞莉亞問白雪說：

「妳有看到魔劍的樣子嗎？」

「沒有……她一直躲在架子的後方。剛才她從那邊的門逃走時，我也只看到她的影子而已。」

白雪用眼神示意通往上層的天井門，亞莉亞則露出「我想也是」的表情。

「……這也沒辦法。魔劍絕不會曝露自己的樣貌。」

亞莉亞說。看來連日調查的結果，似乎讓她對魔劍本身擁有相當的預備知識。

於是，我問了她一件打從剛才就很在意的事情。

「亞莉亞。剛才的那個冰……」

把我縫在地板上的冰。

原本我猜想她是利用液態氮，但八成不是吧。先前在強襲科時，我曾經利用過液態氮來冷凍定時炸彈，但它的凍結方式不會像剛才那樣。

「那是超能力。」

亞莉亞爽快地說了一個我不想聽到的答案。

「嗯，那是……如果用國際分類來說，就是三級超能力者——我想她大概是魔法使。」

白雪的補充說明，讓我眉頭一皺。

魔法使……是嗎？

「不可能……」

「並不是不可能。最近一流的武偵已經不會覺得驚訝了。我們學校也有超能力搜查研究科吧。」

那種事情……我當然知道。我自認自己的腦袋可以理解。

超能力搜查研究科（ＳＳＲ）。

白雪也是那裡的學生。那邊非常認真地在研究一些詭異的搜查手法，例如：感應能力、探測術等。不過，S研在武偵高中內，是非常神秘的專門學科之一，因此除了相關人等以外，知道詳情的人少之又少。

特別是想當正常人的我，更是一直避開那個極度不尋常的世界。那種遊戲裡面才有的魔法居然真實存在，我過去可是聽都沒聽說過。

「沒什麼好怕的，金次。根據我的經驗，超能力者的能力就跟魔術師和街頭藝人一樣。不是子彈的對手。」

「但是，那可是超能力耶。搞不好她的攻擊方式會出乎我們預料。」

「你真是沒出息。我討厭這樣的金次。不過……唉呀！你放心啦。我還沒把你訓練到可以自由『覺醒』的地步，所以你不用戰鬥。魔劍就讓我一個人處理吧。」

此時一陣模糊的聲音響徹地下倉庫，彷彿在反駁亞莉亞的話一般……

我們環顧四周。

驚覺地板上的排水孔不是在排水，而是在出水。

眼見水勢益發洶湧，不到一分鐘就變得有如噴水池一樣。

噴出的水逐漸在我們腳邊擴散。

「……這是海水。」

亞莉亞像小動物一樣哼鼻說。

「的確。那傢伙破壞了某處的排水系統。」

水位不停升高。

從鞋子到腳踝，再從腳踝到足脛。

大事不妙。

照這速度看來，就算這大倉庫像體育館一樣寬敞，大概也只要10分鐘就會淹滿水了。

我和亞莉亞可以輕鬆沿著梯子從天花板的洞口逃生，但我們不能把白雪丟下不管。

謀士……嗎。

「……看來那傢伙的確是謀士。亞莉亞，妳穿幫了。」

我說。亞莉亞不安地看著持續升高的海水，沒有任何回應。

「穿幫……什麼意思啊……？」

白雪的問題，讓亞莉亞的臉頰一片赤紅。她眼珠上瞪，示意我不准說出來。

但是……現在狀況不一樣。原諒我。

「亞莉亞是一隻旱鴨子。上次綴說的。」

「才、才不是。只、只要有游泳圈的話……！」

「偏偏現在沒有那種東西。亞莉亞，妳先上去吧。」

「不……不行！我不能丟下你們自己逃走！」

「錯了，我是要攻擊，不是要逃避。妳到上面去，幫我們去搶魔劍手中的鑰匙。這鎖頭我們在這邊瞎用是無法打開的。妳應該也知道吧。」

「……可、可是──」

「妳的戰鬥能力比較高，可以早一步擺平敵人！我沒有和超偵交手過的經驗，這件事情只有妳辦得到！……快走！現在1秒鐘都很寶貴！」

我想起在強襲科的處事節奏，刻意加強語氣說道。

亞莉亞還是擔心地看著白雪，但她又看了一眼已經上升到膝蓋的海水後，終於把手上的撞匙交給了我。

「……我知道了。不過，如果真的不行的話，你一定要叫我過來喔！」

就算叫了，也一樣拿這鎖頭沒轍吧。

這點在場三人心知肚明。

亞莉亞不情願地背對我們離去。「好。」我對著她的背影，簡單回答了一聲。

水勢越來越劇烈。

白雪身上的鎖頭依舊聞風不動。

剩下不到5分鐘，大倉庫就會泡在水裡。

我在倉庫中滑水，想要找尋有無其他工具可以利用……但卻遍尋不著。

水位已經升到我的肩膀附近了。

白雪的身高比我還矮，頭部已經泡在水中。

該怎麼辦……

該怎麼辦才好……！

「小金……你快走吧。」

白雪對著窮途末路的我說。

「我已經……沒關係了。我不想讓小金遇到危險。」

妹妹頭瀏海下，她露出了故作堅強的笑容。

都這時候了，她還不想讓我擔心。

「……別說傻話了！」

「星伽的巫女是守護巫女。為了某人奉獻一切、犧牲自己，是我們的宿命。小金你快逃吧。不用擔心我……」

「我怎麼可以丟下妳自己逃走！」

白雪想回應大叫的我時——

終於淹到她嘴邊的海水，讓她瞬間五官一皺，頭上仰喘著息。

「沒關係的，就算我死了，也不會有人哭泣。或許老師和大家對我的評價很高，但是沒有人……真的喜歡我……呼！大家誇獎的不是……我，而是星伽巫女的超能力……呼！」

白雪不停喘氣，臉幾乎已經朝向正上方。

我的腳尖已經離開地板。必須用游的才能移動。

「白……白雪！亞莉亞快要帶鑰匙回來了！不管怎樣妳都要堅持住！快點大口呼吸！委託人要聽保鑣的話！鎖頭我會想辦法——」

「保鑣的委託！我現在解除！小金！快逃——活下、去……！」

「白雪……！嗯啊！該死……都是因為我……才會變成這樣……！」

「小……金——沒、有錯——！」

這句話成了絕筆。

白雪閉著雙眼，沉到了水面下。

「白雪——！」

白雪的黑髮，無力地在水中晃動。

她似乎已經有所覺悟，低著頭刻意避開我的臉。

「白雪……！」

她想死嗎？

為了好讓我逃走。

還解除了委託，直到最後一刻都還在庇護我，說我沒有錯。

「怎麼可能沒有錯……！」

我碰一聲揍向牆壁。
怎麼可能沒錯。
我是罪魁禍首。
會演變成這樣，一切的一切全都是我的錯。
不聽從警告、不防備敵人、一有動作反而讓事態更加惡化——
這些全都是我的錯吧！

到了這步田地……我終於下定決心。
——白雪。
妳每次都很順從我。
現在想起來，我每次說的話都很自私。
所以，現在換我聽妳的話了。
妳對我說了三件事。
其一，就是剛才那句。
「活下去！」
沒錯。

我會活下去。

誰要死在這種地方。

我會倖存不死，把那什麼魔劍，還有亞莉亞的敵人們全部收拾掉。

然後過著平凡的日子，無憂無慮地活著。

——接著。

妳對我的第二句話。

妳曾經說過。就在我單獨保護妳的那天晚上。

妳說「保護我」。

那時候妳也沒發現敵人的存在。所以妳可能說得很輕鬆。但是我確實答應妳了。

我還有最後一張「王牌」，可以用來保護妳。

雖然我至今一直在逃避。

就連對青梅竹馬的妳，也隱瞞不提。

在這最後關頭，我體內還擁有最後一股力量。

在劫機事件時，有一半不是出自於我的本意。為了不讓敵人發現，我用嘴唇讓亞莉亞安靜。就因為那樣，當時如果我不用能力就會喪命。

但是，現在——

我使用這個能力的理由，不是出自於責任感。

亞莉亞說我不用戰鬥。而護衛白雪的任務，剛才也被本人解除了。

所以現在我沒有任何責任，想逃避就可以逃避。

就算我之後會後悔一輩子，我也可以不使用這股力量。

但是，我——

在大哥死掉之後，第一次因為自己的本意而使用它。

使用這張隱藏在我體內深處的，最後王牌！

爆發模式！

白雪。妳說要取消保鑣的委託？

「開　什　麼　玩　笑！」

我大叫的同時張大嘴，大口大口地吸氣。

直到臉部漲紅。直到肺部快要爆裂。直在吸到極限為止。

吸氣、吸氣，用力吸氣！

撲通！

我潛入水裡。

抓住白雪半無力的肩膀後，她的大眼瞪得更加斗大，不停搖頭。

同時在水中傳送眨眼訊號。

『你不要想不開　不要用那種方法　來贖罪』

她似乎以為我要殉情自殺。

的確像白雪會有的想法。

錯了。妳誤會了，白雪。

妳對我說的三件事。

還有一個對吧。

就在昨天玩完煙火之後。

「吻我。」

抱歉我用這種方式。

不過妳說的，我都聽妳！

我用眨眼訊號回應白雪兩個字。

『快　吸』

傳達完後——

我馬上抱緊白雪。

「——！」

嘴唇相疊。

白雪的嘴唇——

用來比較真的是罪過，但她的比亞莉亞的還要柔軟。

白雪吸走氧氣時，自己的氣息也些許交錯入了我口。她的氣息甘甜，有一種像桃子般的香味。

……啊啊。

我知道。

我知道白雪在呼吸。

還有——

我的這股怦怦心跳。

以這嘴唇為起點，興奮的血液在我體內環繞，逐漸集中到身體的**「中心」**。

我沒想過自己居然會和青梅竹馬做這種事情。

這想法伴隨著劇烈的亢奮，令我情緒高漲。

和白雪一同度過的年幼時光，經年累月所囤積的炙熱，燒結著我身體的「中心」，讓我感到刺痛！

啊啊……

我正在進入。

爆發模式！

咕嚕、咕嚕……咕嚕。

白雪的嘴唇邊吐出空氣。

她能呼吸了。

我貼著嘴唇，讓她在吸了兩口氣後，移開了嘴巴。

把手伸到卡在白雪胸部下方的滾輪鎖。

接著我集中意識，重新插入撞匙。

海水要是升到天花板，到時候就連換氣也沒辦法了。

根據我的估計還有3分鐘——不，應該3分鐘不到。

普通模式的我，要破解CP-C規格的全防連認定鎖（註16），平均要花12分鐘。

但現在的我，手指間傳來的微妙觸感，彷彿讓我透視了鎖頭內部的構造。

喀嚓！

16　全防連為全國防犯協會連合會的簡稱，為財團法人。此機構制定了CP和CP-C兩種鎖頭的安全規格。

第一個僅花了十秒，我就打開了連亞莉亞也感到棘手的鎖頭。

第二個。也一樣順利打開。接著我換了一次氣，再度把空氣分給白雪，同時從她巫女服的胸口內取出武偵手冊，抽出撞匙——

第三個。

喀嚓！

束縛住白雪的巨大滾輪鎖，應聲開啟。

沉重的鎖鍊也發出聲響，從壁管上緩緩滑落。

我和白雪往上升，

——呼哈！

同時露出水面。

太好了，趕上了。

雖然頭部快要碰到天井，但大倉庫還未沒完全沉入水中。

「小金！」

白雪滑水過來抱住我

「——白雪。妳剛才說了吧？說妳要解除委託。」

啊！我這個傻瓜。

不要用這種低沉、苦澀的聲音說話啦。

還有目光不要故作銳利。噁心死了。

「是……是的！」

白雪回答完，我濕潤的手輕撫她的耳朵到臉頰一帶。

同時用大拇指，替她撥掉沾在臉上的一串黑髮。

「這跟委託沒有關係。我要保護白雪。因為是白雪，所以我才想保護妳，無論如何我都要。希望白雪可以接受……我這股炙熱難耐的心情。」

我用低沉的聲音呢喃，但聲音卻十分清楚。

白雪一臉感激，同時混雜著一絲驚訝——

她點頭。

她的頭就快碰到天花板了。

喔！現在不是說甜言蜜語來安撫人的時候。

這是爆發模式下的壞習慣。

現在我們要盡快移動到上層去。

「可、可是小金。對方可是魔法使。我也要戰鬥！」

「勇敢的孩子。」

白雪上揚美型的眉毛說完，我些許苦笑回答。

雖然我不想讓白雪再遇到危險，但女性的意志我也必須尊重。

「我希望那不會發生——不過，萬一真的沒辦法，就請妳助我一臂之力吧。我和亞莉亞是前衛。白雪是——後衛。就請妳當伏兵了。」

好，這樣一來我們的手牌全部攤開了。

接下來要和亞莉亞會合，發動強襲。然後逮捕。

將迄今就連外型也無法掌握的魔劍繩之以法。

對方是謀士，而且是超能力者。普通的武偵無法戰勝她。

但那是「普通的武偵」。我們這裡有雙劍雙槍的亞莉亞，爆發模式的我，以及負責掩護的白雪。

有這三張手牌，就算對手是魔劍也能與之抗衡，不，應該會凌駕對方才對。

我如此思考，一面打開通往上層的隔離門。

水位已經貼近天井。

三層的門開啟後，我以刀代鏡檢查上層，以防突來的攻擊。看來沒問題，當我如此判斷時，門上似乎被裝了什麼開關，地下倉庫又傳來一陣鈍聲。

「……噴！」

水勢急速增加。

眼見水位抵達地下倉庫的天井，我們有如被沖走一樣，噴飛到上層的地板。

「呀！」

白雪上到地下六樓的大廳，被水流絆住行動，在塑料地板上擦出聲音，不停被沖往前方。

「——小心點，白雪！拿出備用刀劍來！」

「好……好的！」

白雪被沖往陰暗處。我雖然想跟上去，但現在當務之急必須先制止這些水。

要是這一樓也灌滿水，那就重蹈覆測了。

我抓著地板上的門不放，反抗猛烈的水壓想要將它關起。

「嗚……喔喔喔喔！」

我使出全身的力量，將門推壓回去。碰！好不容易才關上了它。

呼……

總算停止流水了。

如果是普通的我，這裡恐怕也只能坐以待斃吧。

「——白雪！」

我叫喊，但沒有回應。

「……」

該不會……

她發現敵人的身影，為了避免被發現，所以不作聲藏了起來吧？

畢竟，白雪現在的工作是伏兵。

我環顧週遭，腳邊浸水的這個層樓內，無數的大型電腦像牆壁一樣林立著。這裡是HPC伺服器——就是俗稱的超級電腦——室。

室內，電腦的存取燈到處閃爍。

不過……這裡沒有「DANGER」或「CAUTION」之類的告示牌。

我拔出貝瑞塔，取出子彈後，將藥室的水吹掉。

現在的手槍不會因為泡點水就無法射擊。

情報科和通信科抱歉了，現在手槍解禁了。

此處宛如迷宮，大型電腦排列得像屏風一樣。

雖然不會像火藥架一樣，被人從細縫中遠射武器偷襲，但卻讓我摸不清楚哪裡有人。

在集成電路和矽所包夾的通道上，我壓低腳步聲奔跑著。

我按照屋內戰鬥課程所習得的要領，舉起手槍，像特種部隊一樣移動。

第二個、第三個——

我一邊警戒，一邊彎過電腦的轉角。

「——金次！」

在轉角旁，我和亞莉亞不期而遇。

剛才她聽到我和白雪的聲音，所以才從裡頭的電梯大廳附近折了回來。

「太好了，你沒事……」

我和她眼神交會，輕點頭同時挪開舉起的手槍。

先行離開大倉庫似乎讓亞莉亞覺得有罪惡感，見到我毫髮無傷她一臉放心。

但她走到我身邊後，立刻用上翹眼瞪著我，

「——你幹嘛不逃走？我不是說你不用戰鬥了嗎？」

小聲責備我違反命令。

「我沒辦法這麼理性，丟下可愛的亞莉亞自己先逃走。」

「……你、你在說什麼啊！」

亞莉亞像平常一樣齜牙露出犬齒。看到她跟平常一樣，我放下心來同時也用輕聲回答她：

「我一想到亞莉亞應該很想看到我，身體就停不下來。」

「你、你你你在說什麼，都什麼時候了！」

我做了一個仿不知火的笑容，亞莉亞看了滿臉通紅。

一如往常紅臉症候群又發作了。

從素顏到紅臉，零點五秒。恭喜妳創下新紀錄，亞莉亞。

「對了，亞莉亞。魔劍呢？」

「……我還沒找到她。那個膽小鬼，似乎沒打算和我交手。」

「——這樣啊。」

「不過，她一定在這層樓。通往上層的門鎖全部被破壞了，電梯門也被鐵板堵住。全都是從內側。」

亞莉亞振作精神說明狀況，她看起來的確還未跟敵人交過手。

「喂，剛才我有聽到聲音……你救出白雪了對吧？她沒有受傷吧？」

亞莉亞果然很擔心我們，確認的語氣中帶著誠懇。

她真是個責任心重的乖孩子。

「對。不過我在這邊和她走散了。要是戰力分散被個別擊破的話，就中了敵人的詭計了。我們要先和白雪會合——」

就在此時，

——咳咳、咳咳！

我聽到細微的咳嗽聲。

那細微聲響，爆發模式下的我也只能勉強聽到。而亞莉亞似乎擁有和野生動物一樣的敏銳聽覺，馬上轉身朝向聲音處。

「是白雪吧。在那邊。」

「我們走吧。不過，不知道魔劍會從哪裡攻過來。亞莉亞，讓我當妳的盾牌吧。」

說完我和亞莉亞擦身而過，先一步往前進。

擦身時，我視野的角落──

亞莉亞的紅眼瞪大，似乎發現到我有「什麼地方」不一樣了。

我們很快就找到白雪。

她這間HPC伺服器室的深處，這裡唯一寬敞的空間──電梯大廳。

她在一旁的通道裡，累倒在陰影處。陰影的主人是一台接近三公尺高的電腦。

白雪的座姿就像人魚公主一樣，

剛才被沖走時似乎喝了幾口海水，只見她雙手摀嘴不停咳嗽。

「……咳、咳……敵、敵人呢……？」

「還沒看到她。白雪，不要離開我們身邊。」

亞莉亞蹲下替白雪拍背，白雪點頭回應。

「小金……」

白雪嬌弱的聲音半嗚咽，用撒嬌的視線抬頭看我。

濕潤的巫女服黏貼在她身上，使她超脫高中生的性感曲線一覽無遺。

爆發模式下的我，能夠把女性的服裝像在看照片一樣回想起來，形狀、顏色、材質和各角落的裝飾一處不露。

然而今天的白雪沒有穿黑色胸罩，衣服底下穿著類似甲冑的單薄東西。

「妳的嘴唇不要緊吧？剛才的事情。」

「嗯，不要緊。」

我試著問白雪，她點頭回應。

「不是流血了嗎？讓我看一下。」

「沒事的。不是什麼大傷口。只是嘴巴裡面割到了而已。」

——果然如此！

「亞莉亞快離開！」

我大叫，同時朝眼前的白雪開槍。

白雪也似乎早有防備，

「！」

她用濕潤的白小袖揮開我的手腕，讓第一發子彈打偏。

子彈打到地板，跳彈打中附近的大型電腦，冒出了火花。

「金次！」

亞莉亞一臉驚訝，白雪用目光無法捕捉的速度繞到她的側面。

砰！砰、砰、砰！

瞬間，我將貝瑞塔切換到全自動射擊。槍口噴出火花。

然而子彈只有捕捉到緋袴的下襬。

白雪反而順著下襬被彈開的勢頭，動作就像爬行一樣，繞到亞莉亞的背後。

接著，她拿出藏在電腦架下的刀子，拔刀將朱色刀鞘往電梯大廳的方向丟去。

那把刀是她平常攜帶的日本刀。

我已經沒辦法對眼前的白雪開槍。

因為亞莉亞的身體成了人肉盾牌。

她的大腦似乎還搞不清楚狀況，但動物般的本能已經察覺到危險，

「──！」

亞莉亞反射性雙手拔槍，想朝白雪轉身。

「嗚！」

白雪從背後用左手勒住她的脖子。

右手用出鞘的日本刀，抵在亞莉亞的耳下，脖筋的位置。

頸動脈。

只要切進幾公分，幾秒鐘就會讓人失血致死的要害。

「白……雪！妳幹嘛！這是做什麼！」

亞莉亞喧嚷著。

白雪朝她握槍的右手，隔著肩膀吹了一口氣。

「嗚啊！」

亞莉亞像被人用烙鐵紋身一樣，身體突然後仰。

接著她鬆手，讓她最自豪的 Government 掉到了地上。

啪嚓……啪嚓！

掉落的銀色手槍周圍，逐漸被冰塊包裹住。

「亞莉亞！妳說錯了！」

我大叫。

「——**那傢伙不是白雪！**」

白雪又對亞莉亞的左手吹氣。

「呀！」

亞莉亞身體再度後仰，放開了漆黑的 Government，將雙手拿到胸前。

她的雙手結冰，就像降了一層霜。

看到這超自然的光景，一股源自本能的恐懼感竄過了我背後。

是這個白雪用的嗎？

用超能力！

「——區區一個人類，」

這已經不是白雪的聲音。

「居然想對抗超能力。愚蠢的東西。」

我早就察覺事情有些不對勁。

這個白雪沒有聽從我的話。我剛才說要拿出備用刀劍，結果她卻兩手空空在咳嗽。

所以我故意問她：「嘴唇不要緊吧？」想測試她的反應。

如果是正牌的白雪，她一定記得剛才在水中發生的事情，不會毫不在乎地回答不要緊。

而且剛才在我面前時，那傢伙的嘴巴根本沒受傷。

但是，剛才她卻講得好像受傷了一樣。

這個假白雪偽裝的十分徹底，我不這樣做甚至還分辨不出來。

簡直就是微妙微肖。

若不是因為我現在是爆發模式，洞察力是平常的好幾倍，大概就連青梅竹馬的我也會被她騙倒，死在她手下吧。

「……魔劍！」

亞莉亞終於發現對方的真面目，凍傷的手痛得打顫，大叫說。

「——不准用那個名字叫我。我不喜歡那個別人幫我取的名字。」

「妳……記得我的名字吧！我叫神崎・福爾摩斯・亞莉亞！媽媽蒙受的冤罪，有107年是妳的份！我要妳來贖罪！」

「在這狀況下，妳還能這麼說嗎？」

魔劍嘲笑被俘虜的亞莉亞。

「而且，妳的名字——不過只有150年左右的歷史而已就在這邊臭屁。格局差多了。我的名字比妳還要悠久——在光亮的歷史下已經流傳了600年。」

接著她維持白雪的容貌，看似好笑地瞇起雙眼，將嘴唇靠近亞莉亞的耳邊。

「原來如此，妳是『雙劍雙槍』嗎，和羅蘋4世說的一樣。」

她說羅蘋4世。

是在說理子。

果然這傢伙是武偵殺手——峰・理子・羅蘋4世的同伴嗎。

我恰好在想，對方至今的變裝如此完美，沒有那傢伙的技術是辦不到的。

「亞莉亞。妳很像我偉大的祖先——初代貞德・達魯克（Jehanne Darc）。外表美麗可愛，但內心卻很勇敢——」

「貞德・達魯克……！」

亞莉亞像呻吟一樣，重複道。

（……居然是貞德・達魯克……！）

我也知道那個名字。我在一般課程的世界史有學過。

十五世紀，在英法百年戰爭中，帶領法國邁向勝利的法國聖女。

這傢伙剛才的說法，意味著自己是其後代。

……但是……

眼前的「魔劍」，不可能是貞德・達魯克的後代。

因為，被稱為奧爾良聖女的她，最後的結局是——

「妳騙人！貞德・達魯克被處以火刑……十幾歲的時候就死了！不可能會有後代！」

「那是影武者。」

她又對亞莉亞嗤之以鼻。

「我們一族是謀士一族。會假裝成聖女，是因為我們的真實身分是魔女。我們一直隱藏真實身分，同時將榮譽、名聲和智慧傳遞給後代的子子孫孫。我是第三十代。第三十代貞德・達魯克。」

魔劍說。

不，照她的說法，應該改成貞德・達魯克說。

「妳說的沒錯，我們的始祖險些被處以火刑。在那之後，我們代代研究這股力量。」

貞德的手像毒蛇一樣，伸向亞莉亞的大腿，亞莉亞再度因激烈疼痛而扭動身體。

「呀！」

仔細一看，她的小膝蓋上結了一層冰。

已經無庸致疑。

這傢伙有別於我們武偵，擁有一種無法想像的力量！

「Follow Me，亞莉亞。羅蘋4世上次沒把妳擄走，這次我要將妳一併帶走。還是說——妳想要死？那種發展也在我的計算當中。」

「……亞莉亞……！」

我將貝瑞塔切換到單發，威嚇性地瞄準貞德的頭部，但我無法開槍。

武偵法第九條。

武偵不論在任何情況下，都不得在武偵活動中殺害任何人。

剛才的槍擊中，我知道她的巫女服是防彈材質。她身體曝露在外的部分除此之外只有手部，但我如果朝那邊射擊，子彈會打中亞莉亞的頸部。

她知道這點所以才故意擺出這個姿勢。

該怎辦。

貞德和皺眉的我對上眼，白雪的五官露出竊喜的無畏笑容。

「你能看穿我的變裝，應該不是平常的你吧。我的確該提防你……不過現在的你有個弱點，就是『女性成了人質』對吧？」

真不虧是謀士。

調查得這麼詳細嗎。

「遠山。你敢動，我就讓亞莉亞結冰。亞莉亞也不准動，妳動哪裡我就冰哪裡。」

我在心底咋舌。

正如這傢伙所言，爆發模式的我會以女性的生命安全為優先。

「金次……快開、槍……！」

妳要我打哪啊，亞莉亞。

我不能連妳一起射穿。

現在的我絕對辦不到……！

「妳說話了嗎，亞莉亞？妳動嘴巴了。這不乖的舌頭，我不需要。」

貞德用持刀的手，硬壓住亞莉亞的下顎。

隨後將自己的嘴唇，湊到亞莉亞嘴邊。

她想要把那股凍氣吹進去嗎！

「住手！」

我大叫，但束手無策。

只要亞莉亞成人質，我就毫無對策……！

「——亞莉亞！」

這迴盪室內的聲音，並不是我的。

平常應該很恭敬、柔弱的聲音。

現在變得勇敢且堅強。

唰！

貞德背後，一個帶著秤砣的鎖鍊從三公尺高的電腦上飛了過來。她強押住亞莉亞的下顎時放鬆了右手，鎖鏈趁機纏住了日本刀的刀鍔處。

抵在亞莉亞脖筋上的刀被硬拉開來。

「——！」

貞德用白雪的臉孔皺眉上看，

「小金，快救亞莉亞！」

在電腦上方的是正牌的白雪。

白雪拉回鎖鍊，沒收冒牌貨手上的刀子。

接著在電腦上方，接住拉起的日本刀。

剛才亞莉亞救了白雪一命，這次換白雪救亞莉亞。

武偵憲章第一條。

同伴之間要互信互助。
平常連個占卜都無法和平進行的兩人，真的遇到危機時還是會彼此互助。
亞莉亞、白雪。
妳們是一個了不起的武偵！妳們越過了鴻溝。
正牌的白雪落地的瞬間——
讓自己插入亞莉亞和貞德之間，揮刀斬下。
貞德做出了對應。她翻動防刃巫女服，想要用白小袖抓住刀刃。
被放開的亞莉亞阻礙了她的動作。
亞莉亞離開她的瞬間，無傷的另一隻腳使出袋鼠踢，踹向貞德的膝蓋。
貞德大幅失去平衡，不得不往後退。
——爆發模式下的眼睛，將這只有短短一秒的交錯完全捕捉住。
亞莉亞滾了好幾圈，在我腳邊單膝跪地。
白雪站在前方，宛如要保護亞莉亞。
她重新拿好日本刀，擺出八相的姿勢。（註17）
「白雪——沒想到妳居然為了救亞莉亞，連自己的命都不要了。」
貞德為了變裝成白雪，穿著緋袴。現在有一個罐狀物掉在她緋袴下襬處。

17　劍道中較古流的一種上段握刀法。現代比賽中較少人使用。

咻咻咻咻咻！眼看罐子中不斷噴出白色的煙霧。

是發煙筒。煙幕嗎！

天井的灑水器偵測到濃煙，接連開始灑水。

白雪慢慢後退過來，避開了貞德藏身的煙幕。

「抱歉，小金。我以為剛才可以收拾掉她……結果卻讓她逃走了。」

「妳做得很好，不虧是白雪。亞莉亞妳不要緊吧？」

「被……被擺了一道。沒想到會有兩個白雪……」

亞莉亞蹲著，雙手不停緊握鬆開、緊握鬆開。

她的握力已經明顯變弱。

恐怕貞德的目的是要讓她無法繼續戰鬥了。

另外還有一點……可能是心理作用，我感覺室內好像變冷了。

「白雪，妳可以替我回想兩件事情嗎？」

「好。」

「妳有在亞莉亞的櫃子裡頭裝鋼琴線過嗎？」

「櫃子……？我發誓我沒做過那種事情。」

「還有一件事。白雪前陣子有被不知火看到妳在做花朵占卜嗎？」

「誒！嗯，有……」

白雪回答得有些害羞，我聽了咋舌說：

「我在同一時間和另一個白雪擦身而過。那個女人至今一直變裝成白雪，潛伏在武偵高中內。所以才可以監視我們，進行離間。亞莉亞。在妳櫃子裡頭裝鋼琴線的人八成是貞德。妳還記得剛才在樓下的那個鋼琴線吧？要藏樹木就要藏在森林裡，白雪對亞莉亞的騷擾當中，那傢伙故意混了幾個殺人陷阱進去。」

我快速說出推理後，亞莉亞瞪大紅紫色的眼眸。

「金次……你又……**變身**了對吧！」

沒錯。

現在的我是爆發模式。

照妳的說法就是**覺醒**狀態。

我不作回答，等於默認了亞莉亞的問題。

亞莉亞得知這點後，似乎讓她的態度變得有些堅決。她露出像獠牙般的犬齒大叫：

「魔劍！妳說妳是貞德・達魯克？卑鄙小人！**妳根本不像妳的祖先！**」

煙幕的另一端，離我們有段距離的地方，有個聲音回應了亞莉亞的挑撥。

「妳也一樣吧。福爾摩斯4世。」

聲音是從電梯大廳的附近傳來，離我們有段距離。

我們將身體朝向那裡，同時發覺到了。

不是心理作用。這房間的室溫正在急速下降。

煙幕的另一頭，灑水器噴灑出來的水在空中變成冰結晶，像雪一般飛舞。

這是鑽石冰塵（diamond dust）現象。

這有如寶石飛舞般、超乎常理的美感。

反過來說，也讓人感受到無法言語的恐怖。

這傢伙是鑽石冰塵魔女。

「小金……請你保護亞莉亞。她暫時無法戰鬥。」

白雪右手持刀，後退靠近。

接著單膝跪地，用左手輕包住亞莉亞的右手。

「魔女的冰就像毒物一樣。能夠淨化它的只有修女或巫女。不過這個冰是G6到G8等級。就算靠我的力量來治癒，要完全恢復……大概也要花5分鐘。所以這段時間，請小金保護她。敵人我一個人來處理。」

「——妳在說什麼啊，白雪。我怎麼可以讓妳一個人戰鬥呢。」

我為了防備貞德的攻勢，站到能夠保護兩人的位置。

「小金……你這麼說我很高興。不過只有現在，這裡就交給身為超偵的我吧。亞莉亞，這會……相當刺痛。不過要這樣才會痊癒，妳要忍耐住。」

白雪說完，小聲唸了一個類似咒文的東西。

她正在讓精神集中吧。

有一股看不見的力量，從白雪的手慢慢傳到亞莉亞的手上。

「……啊……！嗯嗚……！」

白雪著治療似乎伴隨著疼痛，亞莉亞壓抑住叫聲以免被敵人發現。

這痛刺人心的聲音，爆發模式下的我怎能不回頭觀看。

「嗯嗚！」

亞莉亞咬住制服袖子，發出含糊的喘息聲，身體因疼痛而後仰。

她的瀏海跳動，我因而看見隱藏在頭髮下方的……X字傷痕。

那是在上個月，亞莉亞挺身保護我時所受的傷。

女生的臉上留下了一生不會消失的傷疤。

——一股疼痛，竄過我內心深處。

一旁，白雪治療完亞莉亞後，從小袖中取出類似蠟紙的東西。

她將紙貼在有如鐵牆的電腦上後，四周逐漸溫暖了起來。

仔細一看，那張紙是護符。長方形的和紙上寫著朱色的漢字和記號。

逐漸明瞭的視野中，白雪筆直而立。

在她四周，混濁冰塵的煙幕逐漸飄散，就像惡靈退散而去一樣。

當我注意到時，我們身上的衣服不知不覺已經乾了。

這也是超能力的一種嗎？

「白雪……」

當我看到這一切後，內心下了一個不得已的決定。

我不想讓白雪單獨作戰。

但是。

我也不能丟下亞莉亞不管。

——這場戰鬥還是先交給身為超能力者的白雪吧。畢竟這也是她的決定。

白雪看到我稍微退靠到亞莉亞身旁後，

「貞德，」

她和我換位向敵人踏出一步，背對我和亞莉亞。

「可以……停手了吧。我不想傷害任何人。就算那個人是妳。」

白雪清楚傳達自己的意志後，煙幕的對面傳來嗤之以鼻的笑聲。

「笑話！妳現在不過是顆原石，怎麼可能傷得了在伊・幽琢磨過的我。」

「我是G17的超能力者。」

白雪說完，這次——

沒有再傳來笑聲。

我聽不太懂，不過剛才白雪的話，似乎對超能力者有相當的威嚇作用。

「——妳在虛張聲勢。G17這種等級，世界上不過只有幾個人而已。」

「星伽禁止我使用這股力量……但是當我解開這塊封布的時候，妳應該也會感受到。」

「……就算妳說的是真的，」

這次貞德的聲音稍微帶了點緊張感。

「妳無法背叛星伽。妳應該知道這代表什麼意思。」

「貞德，妳是聰明反被聰明誤。」

白雪增強了聲音。

「妳說的是至今平常的我。但是現在的我，身邊有一個唯一的存在，能各讓我打破星伽的各種制約。我這股強烈的心情，妳沒有預料到。」

白雪這句不可思議的話語，讓貞德沉默了。

翻弄謀略的人，最怕碰到出乎意料的發展。

而現在敵人的計劃出現了失算。

原因出自於**「和以往不同的白雪」**。

室溫已經恢復到常溫。

發煙筒的煙幕也消失，灑水器一個接著一個停了下來。

「——妳可以試看看。直接對決的可能性也在我的計算當中。等級較高的超偵，相對地精神力也會快速削弱。只要能堅持下去，贏的人就是我。」

貞德的說法有如心意已決。

在逐漸散去的煙幕後方，她的身影終於明朗化。

她脫下緋袴和白小袖，身上果然穿著西洋甲冑。

「羅蘋4世傳授的這身難以施展的變裝，已經沒用了。」

她將臉上的薄膜偽裝撕下——

薄膜下的臉蛋，眼角有如刀刃一樣細長清秀，眼眸是藍寶石色。

頭髮是像冰一樣的銀色，髮頂有兩條辮子上結在頭旋附近。

和古風一詞有些不同，貞德宛如是從西洋的歷史電影中走出來的美麗白人。

「小金，待會……請你不要看我。」

白雪背對著我，聲音微發抖。

「……白雪……？」

「待會……我要使出星伽禁止的招式。不過，小金看到了一定會覺得我……很可怕。覺得這一切**不可能**。甚至還會討厭我。」

白雪一邊說，一邊將手放到平常總是戴在頭上的白色緞帶上。

她的手指也微微在發抖。

我退後半步，

「白雪——妳放心。只有一件事情不可能。」

一邊走到可以保護亞莉亞的位置，以應對即將開始的超偵決鬥。

「我會討厭妳？**只有這件事情不可能**。」

我低沉的聲音，鼓舞了她。

白雪露出勉為其難的笑容，半轉身面向我的同時，鬆開了繫在頭上的緞帶。

「我很快就回來。」

接著，她踩著紅繩子的木屐發出答答聲響，重新拿起日本刀。

她的架式，有別於平常的八相。

只用右手握住刀柄末端，架在頭上，刀腹橫躺面對敵人。

劍道中的任一流派，大概都找不到這麼奇特的架式。

「貞德，我已經不能放過妳了。」

「——？」

「因為妳將會看到星伽巫女身上秘藏的禁令鬼道。我們也和你們一樣，自古以來不斷承襲祖先的力量和名字。亞莉亞是150年。妳是600年。而我們……已經承襲了約有2000年的悠久時光……」

白雪持刀的手用力的瞬間——

刀尖發出火紅色的光芒。

眼看光芒快速擴散到刀身上。

照亮室內的這陣光芒，是火焰！

事到如今，我沒必要去懷疑了。這絕不是用揮發油或可燃性氣體做出的機關。

這——這就是……

白雪的王牌——超能力！

「『白雪』只是隱名。我的諱名，真正的名字是——『緋巫女』。」

語畢的同時，

白雪蹬地，如火矢一樣逼近貞德。

貞德被白雪的術暫時奪去視線，當場蹲低身子，鏗鏘！

她用藏在背後的華麗洋劍，擋住白雪的乾坤一擊。

平常該冒出火花的地方，由鑽石冰塵取而代之。冰塵轉眼間蒸發消去，兩把兵刃激烈交鋒——

白雪的日本刀被含糊架開，一旁的電腦被無聲斬斷。

貞德和白雪取出距離。

這一刻，她很明顯地**退後**了！

「火……！」

仔細一看，她的美貌上露出些許畏懼的表情，同時冒出了冷汗。

爆發模式下的我明白。

這傢伙**害怕火焰**。

貞德一族是因為初代險些受到火刑，所以才開發出冰的技巧。

這一定是因為**她們害怕**。

害怕那個差點殺死自己的東西。

她們一族帶著恐懼心，代代研究冰的秘術。

「剛才那招是星伽候天流第一式，緋炫毘。下一招，緋火虞鎚——將會斬斷妳的劍。」

白雪再次將燒得火紅的刀，高舉到頭上。

刀就像火把一樣。

原來如此，這個架式是為了避免冒起的火焰燒到白雪自己。

「一切都結束了。這把色香菖蒲，沒有斬不斷的東西。」

「那是我的台詞。聖劍杜蘭朵沒有砍不斷的東西。」

貞德與之對峙，鼓起所有的勇氣將劍刃寬幅的武器舉到胸前。

那武器是一把壯麗的西式大劍，古色古香，但卻保養得很好。

裝飾在刀鍔上藍寶石在白雪火焰的照耀下，不停閃爍。

白雪再次奔跑——

在我看來，她似乎有點急著想分出勝負。

鏗鏘！鏗鏘！兩人的刀劍數度交鋒，發出劇烈的聲響。

白雪的刀、貞德的劍，削過室內後，所有東西都好像豆腐一樣被切斷。

大型電腦連同外箱、防彈材質的電梯門、塑料的地板和牆壁。

但唯一有兩樣東西斬不斷。

白雪的色香菖蒲和魔劍——照貞德的主張，是聖劍杜蘭朵。

只有號稱無堅不摧的兩把刀劍，不論怎麼交集都毫髮無傷。

「這就是一流超偵的戰鬥……嗎……！」

亞莉亞在我腳邊，終於抬起頭說。

「亞莉亞，」

我蹲著低聲說。

「妳能動嗎？」

「已經……可以了吧。不過我的槍被冰附在地板上，就算把它剝開也不能用了。我的手槍不是寒地規格。不把它細部分解仔細檢整一下的話，恐怕無法起死回生吧。」

亞莉亞俯視冰凍的Government，一臉不甘。

「我們來思考策略吧。」

我說完，平常總是獨斷獨行的亞莉亞抬起頭——

順從地點頭回應。

她似乎把爆發模式下的我，真的當作夥伴一樣對待。

「——我們想要幫白雪，但是如果時間點弄錯，反而會扯她的後腿。亞莉亞妳曾經逮捕過超能力者吧？有沒有什麼方法，可以讓我們抓住契機？」

「老實說……以前我沒碰過這種高程度的超能力者。不過這種戰鬥……我想應該不會持續太久。」

「不會持續太久？」

「超能力者使用的能力越強，精神力也會大量消耗。他們和武偵戰鬥的時候，只會在最關鍵的地方使出最小限度的力量……不過跟同類交手時，就會像現在這樣使出全力。所以很快就會喘不過氣來。那個瞬間就是我們的機會。」

「妳知道是什麼時候嗎？」

「以經驗上來看，我大概知道吧。有一半是靠第六感，你願意相信我嗎？」

亞莉亞的聲音，帶著一絲不安。

我之前那句「這要我怎麼相信」似乎傷了她的心。

這個狀態並不是很好。

如果彼此沒有信賴關係，武偵之間的合作就不成立。還會弄錯時間點。

如此思考的我伸直膝蓋，溫柔撫摸她粉紅色的頭髮。

「上次的事情是我不對。希望妳原諒我。我發誓，我這輩子都相信亞莉亞。」

「這輩子？」

「就算全世界的人都不相信亞莉亞，我也會一輩子站在亞莉亞這邊。」

我深深看著她紅紫色的眼眸，同時說道。

與生俱來就有紅臉症候群、而且臉蛋已經相當火紅的亞莉亞……

變得像一顆草莓一樣，滿臉通紅。

她驚訝的臉蛋看似有些高興，所以，

「妳很高興嗎？」

「……笨、笨蛋金次……！你、你在……超級模式也一樣是個笨蛋……笨蛋……！」

「回答我。我想要知道亞莉亞的心情。」

我催促說。

「…………稍、稍微……稍微有點高興。不、不過只是稍微喔！」

「亞莉亞高興的話，那我也很高興。那——亞莉亞也相信我嗎？」

「……嗯、嗯！」

亞莉亞點頭。她的視線有如小孩在看大人一樣。

感覺她已經完全順從爆發模式下的我了。

「我們兩個彼此相信。」

最後我再補上這句話後，亞莉亞將輕握的手放到胸口，內心深處彷彿有某種東西在鼓動一樣。

「所以妳要有自信，告訴我攻擊的時間點。我們來逮捕魔劍吧。」

我重新建立和亞莉亞的信賴關係時，在這段時間——

一開始，原本看起來是白雪有利的火冰之戰，已經演變成勢均力敵的局面。

「——！」

白雪咬緊牙根揮刀，宛如呼吸止住一樣。

全力以赴的一擊，終於讓貞德——

啪！

半跌坐在地上，倒在牆邊。

但是……

「呼、呼、呼……！」

壓制對方的白雪，看起來反而疲憊不堪。包裹刀身的火焰削減了許多，彷彿和氣喘如牛的白雪成正比。

「把劍丟掉，貞德。妳已經輸了。」

「呵……呵呵！」

貞德發出目中無人的笑聲，同時——

轉眼間讓自己的周圍產生細微的冰粒。冰粒就像流動的霧霞一樣。

接著她藏身在那陣煙靄當中，一個前滾翻的動作，溜到白雪的身旁。

白雪急忙橫掃火焰幾乎殆盡的日本刀，

鏗！

刀子卡在牆壁上，停住了。

已經很明顯。

白雪剛才的力量，在這幾分鐘內已經消失殆盡。

亞莉亞說的沒錯。

超偵很強悍。強度超乎人類的智慧。但是他們無法長時間戰鬥。

就跟電玩中的魔法一樣。擁有強大魔力的角色，要是魔力用盡——

「呼、呼……呼！」

白雪右手握著刀柄，單膝跪在原地。

疲憊不堪的模樣，往如剛跑完馬拉松一樣。

她將日本刀從牆上拔下，刀尖落在地面，左手摸索掉落在一旁的朱色刀鞘，接著，

不知為何將刀身收回鞘內。

「天真，妳就跟冰糖一樣甜。沒想到妳居然光朝我的劍下手，不攻擊我。妳明知聖劍杜蘭朵是絕對不可能被斬斷的。」

貞德恢復姿勢，將杜蘭朵的刀尖指向白雪的脖子。

時機……時機還未到嗎？亞莉亞。

我們出手的時機還未到嗎？

「嗚……！」

白雪收刀入鞘後，擺出架式將日本刀藏在身後。我看到她正咬緊牙根。

白雪——！

我衝動性地想衝出去，亞莉亞用手制止了我。

「時候未到，金次……！白雪她應該還有餘力再攻擊一次……！不過要攻擊需要時間，我看……她現在似乎在凝聚某種力量……！」

亞莉亞低聲說。她似乎也在拼命克制，不讓自己衝出去。

拿起大劍的貞德四周，鑽石冰塵又再度飄散。

隨後，眼看冰塵像暴風雪一樣，在室內颳起風暴。

室內溫度一口氣下降，又回到冰點以下！

「就讓妳見識一下吧，『奧爾良的冰花（Fleur de la glace d'Orléans）』，變成鑽石冰塵，散去吧！」

眼看貞德的杜蘭朵，在細冰後方逐漸儲蓄藍白色的光芒。

——就在此時！

「金次，3秒後跟在我後面！」

亞莉亞大叫，抽出背上兩把短日本刀的同時，宛如子彈一般衝了出去。

——1秒。

注意力原本集中在白雪身上的貞德，猛然轉過身來。

——2秒。

「區區一個武偵！」

貞德憤怒地橫揮大劍，亞莉亞早了一步——

用右手的刀，啪地一聲！

撈起貞德剛才脫下的巫女服，瞬間遮蔽住敵人的視野。

「——！」

瞬間，亞莉亞利用足球鏟球的要領，壓低身體在地板上滑動。

然而貞德的手卻停不下來。

亞莉亞用類似合氣道的格鬥技巧，早就預料到這一點。

鏗！

大劍在亞莉亞上方放出一道藍色的奔流，衝開了巫女服。

這畫面真的宛如電玩一樣。

發光的冰結晶漩渦化成藍色的砲彈，衝到天井上。

天井大範圍地逐漸結凍，有如一朵巨大的冰花綻放開來。

——3秒！

「就是現在，金次！貞德已經無法使用超能力了！」

不用亞莉亞提醒。

我撥開鑽石冰塵，開始奔跑。

砰、砰、砰！

貝瑞塔早已被我切換到三連發模式，我朝貞德的正中線射擊。

貞德抽回杜蘭朵，彈開那三發子彈。

我已經預料到這一點。這傢伙是可以和白雪匹敵的劍術高手。所以，

我更進一步衝刺，逐漸逼近貞德。

我在強襲科曾經學習過近距離手槍戰。

上課時，目標是用類似機動隊的盾牌。當敵人有方法保護自己不受子彈的威脅時，

就必須從近距離開槍打倒對手，這是武偵的戰鬥方式。

「**區區**一個武偵！」

貞德反而向我衝了過來。

亞莉亞在她腳邊，揮舞雙刀。

當然這點也在貞德的預測內，她一躍而上朝我飛來。

我用子彈迎擊，全被她的劍擋掉。不只是擋掉，她還使力大幅回轉劍身，朝我的頭頂斬下。

「──！」

她明明已經沒有魔力，卻還能使出這種超人般的技巧。

這斬擊的速度飛快，貞德的運動能力已經超出我所估計的範圍。

杜蘭朵的軌道，完全鎖定了我的頭頂。

這一瞬間。

爆發模式下的我。

眼前所有的動作開始變得像慢動作一樣。

在這種狀況下，有**一個招式**可以化解。

那一招必須使用雙手。

但我不能放開右手的槍。

如果用西洋棋來舉例，這把槍是我將死對方所不可少的棋子。

所以，我只用沒持槍的左手——

「——！」

接住魔劍——杜蘭朵。

空手奪白刃——

——**單手版**。

我原本懷疑自己是否做得到，但似乎成功了。

多虧了爆發模式，還有亞莉亞的特訓。

「——！」

貞德握著劍柄，在我的正側面落地。

「……怎麼、可能……」

她看到自豪的大劍前端被我的**食指和中指夾住**，正如我所料她並未因此失去鬥志。

我左手壓制大劍，右手把手槍推到她的脖子前。

「——這樣一來一切都結束了，貞德。我勸妳還是當一個乖孩子吧。」

我向訓誡小孩一樣說完，

「武偵法第九條。」

貞德反駁道。

我稍微將視線挪開，微微苦笑。

沒錯。

依據法令，我無法射擊貞德的脖子。

「你該不會忘了吧？武偵不能殺人。」

「哈哈！真是個聰明的小姐。」

「小、小姐……？」

貞德臉頰稍微泛紅，這稱呼似乎讓她有些害臊。

「但……但是，我可不是武偵！」

她開口的同時，在大劍上使力。

喂、喂！

小姐。妳已經死棋了。

勝負已分。

因為——

答！答、答、答！

紅繩子的木屐發出聲響，

「不准妳！對小金出手——！」

接著白雪大喊衝了過來，對準我和貞德中間的杜蘭朵，

「——緋緋星伽神！」

拔出鞘內的日本刀，由下往上，如同拔刀術一樣快速揮過。

火紅色的閃光和刀子一起，從鞘內飛奔而出。朝上砍去的刀刃，穿過了杜蘭朵。

刀刃沒有碰觸到天井，天井卻噴出了火焰漩渦，宛如一顆大型曳光燒夷彈爆炸一樣。

轟隆隆隆隆隆隆！

冰凍的天井連同冰塊，宛如被榴彈槍打中一樣，碎落一地。

從天而降瓦礫當中，杜蘭朵被**斬斷**的事實讓貞德一片茫然——這把劍也是她的外號。

「……！」

在最後一刻，又發生**出乎她意料的狀況**。

不擅長處理突發狀況的貞德，瞪大了有如藍寶石的雙眸。

只能呆站在原地。

「魔劍！」

一個娃娃聲趁隙而入，同時一副手銬掛在貞德的右手腕上發出聲響。

「嗚——！」

貞德朝手邊看去，一副對付超能力者用的手銬掛在那裡。

不用說。

那副手銬是亞莉亞護衛白雪的第一天，所買的銀色手銬。

「妳被捕了！」

亞莉亞像肉食性動物一樣襲向貞德，將她的左手也上銬。

「早說了吧？勸妳還是當個乖孩子。」

魔劍從刀鍔附近被斬斷。我將它的上半部轉一圈拿在手上，將視線從貞德移到亞莉亞身上。現在，亞莉亞又替她的腳踝上銬。

雖然表裡不一，但她似乎和亞莉亞一樣是家世相當顯要的大小姐。

然而，這股自信卻成了絆腳石。

貞德。妳到最後一刻，都瞧不起我和亞莉亞，瞧不起「武偵」

這就是妳的敗因。

因為在這裡的武偵是爆發狀態的我，以及夥伴功能全開的福爾摩斯4世、雙劍雙槍的亞莉亞。可不是**「區區」**的武偵。

呼！我用鼻子吹了一口氣……

一面朝著著白雪走去。她累癱在瓦礫堆當中。

白雪和我對上眼後，匆忙將火焰退去的日本刀收入鞘中，藏了起來。

「小、小金——」

她似乎想要說對不起。

我把伸起食指，露出「不對吧？」的表情。

「……謝……謝謝！」

謝謝嗎。

也算是及格啦。

「白雪。妳辛苦了。多虧有妳，我們才能逮捕魔劍。」

「你……不……怕嗎？」

「怕什麼？」

「剛……剛才……我、我那個樣子……」

白雪妹妹頭瀏海下的黑眸，噙著淚水。

看來她似乎覺得我會害怕她的超能力。

哈哈。

原來她在意的是這個啊。

白雪一臉膽怯，怕被我討厭。我溫柔笑著，回答她說：

「我怎麼會怕呢！那股火焰很漂亮，又很強大。比上次的煙火還要更棒。」

「小金……嗚……嗚啊……！」

白雪放聲大哭抱了過來，所以——

我也輕輕地回抱住她，撫摸她的背。

我會一直安慰妳，不管時間過了多久。

直到愛哭鬼收起眼淚為止。

我會溫柔、溫柔地……輕撫妳。

就像童年時代，在煙火大會之後妳被痛罵一頓而嚎啕大哭的時候，我也是這樣安慰哭泣的妳。

是的。

在這方面，白雪一點都沒變。

不過，她變堅強了。

她已經能夠飛出星伽的鳥籠，展開火焰的翅膀，憑靠自己的意志去戰鬥。

白雪一面啜泣，抬頭看我。我為了讓她放心，開口說：

「以後……不要擅自離開我了，白雪。」

語畢，我再次展開笑容。

最終彈　是誰放出了那道光？

「I'd like to thank the person（我想要感謝某人）…」

帥哥主唱不知火的歌聲，搭配我所彈奏的吉他F小三和弦，現在亞特希雅盃的閉幕典禮——亞魯卡達開始了。

先前在地下倉庫我又進入爆發模式，而且還是在亞莉亞和白雪面前……因此今天我的演奏相當自暴自棄。

啊啊！

……那實在很痛……

什麼叫做「以後……不要擅自離開我了，白雪。」

我對亞莉亞也同樣說了一些糟糕話。什麼一輩子之類的。

光是回想起來……就讓我有一股很想去死的衝動。

此外還有一個更嚴重的問題。雖說當時的情況迫不得已，但是我在亞莉亞和白雪面前識破了貞德的變裝，還說了臨時想到的作戰計畫，甚至還空手奪白刃……這些舉動實在讓我太活躍了。

我又自己製造了讓亞莉亞和白雪誤解我實力的理由。

「你只要肯做就會成功嘛！」「小金果然很厲害！」事發之後，兩人對我的表現讚不絕口……但我完全不想去回想。

我有一種預感——與其說是預感不如說是一種確信——自己以後肯定又會被使來喚去。

而且還是那種打打殺殺的麻煩事。

「Who shoot flash（是誰放出了那一道光芒）…」

話說回來，武偵高中實在是……不要捨不得花錢，好歹請個像樣一點的樂團來演奏吧。

事到如今我一面遷怒，手彈著順手的DC59，讓音樂響徹閉幕典禮的會場——第二操場。B降調（Bb）、G小三和弦（Gm）、小七和弦（Cm7）。

可惡，今天真是好天氣。

「Who flash the shot like the bangbabangbabanga（那一道砰、砰砰、砰砰的光芒，是誰放出的）？」

曲調的速度突然加快，同時手持彩球的、身穿啦啦隊服的女孩們，從左右兩旁帶著笑容走上舞台。

「可、可是穿這個樣子還是太……」

我聽到這句話側眼一看，此時在舞台旁畏畏縮縮的白雪，

「啊——真是夠了！事到如今妳還在說什麼！快點出去吧！」

被亞莉亞踢了出來，來到了舞台中央。

白雪面紅耳赤高舉彩球，亞莉亞站在她的身旁。

這場啦啦隊表演是由亞莉亞和白雪主導。亞莉亞運動神經最好；而白雪則是在亞莉亞的強力推薦下，臨時被提拔和她配對表演。本來準備委員會就希望白雪能夠參加啦啦隊，所以亞莉亞的提議沒有受到阻礙。

臨時決定參加，原本我有點擔心她的演技會出錯，但她不虧是優等生。在舞台上她動作輕快，展露了一手完美無瑕的啦啦隊表演。

白雪的表情有些僵硬，穿著那身衣服出現在眾人面前，似乎讓她不大好意思，不過白雪，被亞莉亞盯上妳就自認倒楣吧。那傢伙只要黏上來就不會輕易離開，就跟人類電磁鐵一樣。而且她的電力還是來自核能發電廠。

「Each time we're in froooooont of enemies（就算敵人從前方出現）！We never hide'n sneak away（我也絕對不會逃、不會躲）！」

白雪能夠有勇氣像這樣出現在眾人面前，也是在那場戰鬥之後。

她和我偷跑出學校，還違反制約使用了星伽禁止的招式，亞莉亞慫恿她：「既然都違反兩次了，那再違反個第三次、第四次還不都一樣！」最後她似乎自暴自棄，點頭答應參加這場啦啦隊表演。

不管怎麼說，我認為打退魔劍一事，對她而言是一個好的經驗。唉呀！雖然現在跳的不過是普通的啦啦隊而已，不過白雪。我很清楚。

妳不再是「籠中鳥」了。

雖然妳現在還提心吊膽地飛在籠子旁，但妳已經是一隻得以拍動自身翅膀的美麗鳥兒……對，那個——妳是一隻鶴。妳已經變成一隻丹頂鶴了。

我會想一些多餘事情，主要是因為我不願想起前幾天爆發模式的事情——同時也是因為，我不想太過注意白雪的貼身啦啦隊服下，充滿起伏的身軀。

然而，白雪臉上藏不住羞澀，時而跳動，時而轉圈。

兩座雙胞胎富士山……大幅搖動……著……！

不、不妙！會爆發。

可是現在有許多觀眾，我不能跟練習的時候一樣低下頭來。

我要緊急避難。把視線移到旁邊的亞莉亞吧。

——太好了！

這邊是一座小山，不管怎麼飛、怎麼跳地盤都很穩固。

但還是大意不得。

嬌小可愛的她因為太過矮小，所以服裝和身體之間有空隙。

兩邊都是危險的活火山。這裡對我而言或許比地下倉庫還要危險。在這種滿是女生的環境下，要是進入爆發模式那可不得了。

總之趕快想點別的事情吧。

嗯——

在地下雖然遇到魔劍，不過武偵高中沒有被炸飛，所以亞特希雅盃才得以迎接閉幕典禮的到來……還有那個——

「Who flash the shot like the bangbabangbabanga（那一道砰、砰砰、砰砰的光芒，是誰放出的）?」

對了，貞德。第三十代貞德・達魯克。依照警視廳和東京武偵局的協定，她必須在審問科先行接受綴老師的調查。

當態度冷淡、決心行使沉默權的貞德被移交到綴的手上時，綴露出詭異的笑容說：「看來她很有欺負的價值。」她那種笑容，我可是第一次看到。

「Who was the person, I'd like to hug the body,（他是誰呢，我想要緊抱住他。）」

女生們將彩球高拋上天，一口氣炒熱了會場的氣氛。

大家在彩球下都握著手槍。接著她們按照歌詞，朝向天空「砰砰砰」地發射空包彈。觀眾的熱情似乎讓她們很高興，槍聲比平常練習時還要多。

唉唉……所以我才說舞蹈裡頭不要編入這種危險的動作嘛。

這場表演的目的，可是為了提升社會的觀感啊。

我祈禱之後電視台在編輯時，可以剪掉這一段。

接著——

女生們以亞莉亞和白雪為中心，同時擺出了一個類似組體操的堆疊隊形。（註18）

裝設在舞台上的銀紙片，在她們周圍猛力颳起——

「It makes my life change at all dramatic（因為他改變了我的一生）！」

亞特希雅盃到此告一個段落。

亞魯卡達的劇烈動作，讓白雪氣喘不停，現在她面對會場的笑容已經毫無顧慮。在她的周圍……紙片四處飛舞。

那白色、像雪花一樣的紙片，宛如在祝福她重獲新生一般。

慶功會居然辦在家庭餐廳是怎麼回事！

我們樂團的男生第一攤也辦在這裡耶。聽說妳們跳啦啦隊的女生，慶功宴是在艾斯黛拉俱樂部舉辦的吧？至少也該選那邊吧。

我的抗議跟平常一樣毫無意義，我、亞莉亞和白雪三人的第二攤，是辦在學園島上

18　組體操，運動會時會出現的一種堆疊式的體操表演，主要目的在於將學年或班級團結的一面表現給家長看。

僅有的一家家庭餐廳——ROXY的雅座上。

成功逮捕魔劍，讓亞莉亞蒙受不白之冤的母親——神崎香苗女士的刑期得以銳減，因此亞莉亞龍心大悅說要請我們吃飯，不過妳身為貴族，應該招待我們到稍微好一點的店家去吧。

我很想這麼說，但要是抱怨太多又會被她開洞，所以我決定點這裡最貴的牛排套餐，來表示我內心些許的不滿。

大家點完料理，用濕毛巾擦手時……

亞莉亞和白雪的樣子有點奇怪。

她們彼此凝視，欲言又止。

……這氣氛是怎回事。

「那、那個，」

兩人同時開口說。

「啊！亞莉亞妳先請。」

「妳先說啦。」

「……我要先離席嗎？」

我問身旁的白雪，她搖頭回應後低下頭來。

「那、那個……我希望小金也一起聽我說。有件事我必須跟亞莉亞說。」

……要我和亞莉亞一起聽的事情？

「就是……上次小金感冒的時候……我說謊了。」

「說謊？」

「對……那個啊……那時候小金喝的藥……不是我買回的。那個藥……是亞莉亞放在房間裡面的吧？」

誒！

上次我發燒請假在家，意識朦朧的時候……

專程幫我買「特濃葛根湯」，然後偷偷掛在門把上的人……

「是亞莉亞嗎？」

「……」

白雪看到亞莉亞不發一語，滿臉都是抱歉。

亞莉亞看著白雪這樣，隨後用紅紫色的眼眸偷瞄了我一眼。

……這反應是怎回事。

「什、什麼啊！原來是那件事啊！」

亞莉亞刻意將雙手放在腦後，身體大幅向後傾。

她似乎有些臉紅，又瞄了我一眼。

啊！

上次在強襲科屋頂上，亞莉亞說的那番話……

『貴族不會炫耀自己的功勞。因為那樣太難看了。就算功勞被別人搶走，我們也不會。』

會說那樣說……

原來是這個意思啊？

「妳說有話要說，我還以為是什麼大事呢，真是白緊張了。」

這不否認的地方，果然很像亞莉亞。

這麼說來，那時候溫柔地幫我量熱度的人，也是亞莉亞嗎？

「我真是個壞心的女生。可是我不想再繼續壞心下去了……對不起！」

白雪向亞莉亞低頭道歉。

亞莉亞伸手摸她的下顎，讓她的頭回到原位。

「妳不用放在心上啦。好，這件事就說到這邊。再來換我說了。」

「好、好的！」

看來這兩人來到這裡之前，就已經先告訴對方說自己有話要說了。

「咳！」

亞莉亞清完喉嚨，端正姿勢。

「——白雪。妳也來當我的奴隸吧！」

她指著白雪說出這句話後——

白雪、我，還有附近雅座上的幾位男性全部僵硬不動。啊、喂！拜託不要看我們這裡。

「謝謝妳，白雪。」

喂！亞莉亞。

妳前後兩句話牛頭不對馬嘴。

「能夠逮捕魔劍有三成是妳的功勞。四成是我。兩成是蕾姬。」

……嗯？

「這次我明白了一件事。和魔劍貞德・達魯克的戰鬥當中，如果我們三人分散，一定會慘敗在她手下。我們三人合作，才總算打倒了她。這一點我承認。」

妳以前早該承認了，還有妳說的三個人裡面，應該有把我算進去吧？

「我們會贏是因為通力合作。我在這之前一直認為，不管敵人是誰，只要有我和可以引出我力量的夥伴兩個人就夠了。可是……也有對手是光靠兩個人無法應付的。簡單來說，我希望我的小隊，可以多一些有特殊技能的同伴。特別是像白雪這樣，擁有我所沒有的能力的人。」

嗯——

同伴嗎？

過去是獨唱曲的她，在這間學校也學到一點東西了嘛。

「奴、奴隸……那種事情怎麼可以……可是如果是當小金的奴隸……」被她指名的白雪在一旁碎碎念，不知道有沒有在聽亞莉亞說話。

「因此，雖然我們之間的契約期滿了，不過以後也要跟金次一塊行動！從早到晚都要小隊行動，訓練合作默契！來，這是金次的宿舍鑰匙！今後妳可以自由進出！」

「謝謝亞莉亞！謝謝你，小金！」

「喂喂喂！」

白雪超神速將偽造鑰匙卡收進胸前口袋，我則是從座位上滾落地面。

「不行、不行、不行！那邊原本就是男生宿舍——」

「奴隸一號，你有意見嗎？」

「妳們兩個！聽我說！如……如果妳們願意聽我說的話，我會很高興的，可以請兩位重新考慮一下嗎？」

話說到一半我的語調軟了下來，因為亞莉亞拔出了雙槍。

此時，表情有點害怕的女服務生剛好要替我們上菜。

礦泉水和牛排套餐。烏龍茶和日式燴飯。可樂和桃饅丼……這什麼鬼。設計菜單的人給我出來一下！

「好！那我們就舉杯慶祝奴隸二號的誕生，Cheeeeers（乾杯）！」

「乾杯……我好高興！好高興喔！這把鑰匙……是我和小金愛的證明！」

亞莉亞瞇起上翹眼，看起來很高興；白雪則是喜極而泣地舉起杯子。因此我——奴隸一號完全被牽著鼻子走。

啊啊！真是……

「隨便妳們啦！」

我使勁碰撞她們的杯子乾杯，衝擊差點讓飲料從杯中濺出。

因為這樣，這兩個麻煩精又繼續在我房間自由出入。

白雪離開家庭餐廳後，直接回女生宿舍打包私人物品，待會就會提著包袱跑過來。

亞莉亞趁在這段時間，觀看之前錄下的動物奇想天開兩小時特別節目，「好可愛喔！金次你看你看！一大群海獺耶！」她一邊說，還在沙發上不停亂跳。她的鞋子隨便丟在玄關，黑色過膝襪脫下來也隨便丟在地板上。亞莉亞小姐，妳是不是忘了這裡原本是我的房間啊？

「對了，亞莉亞。剛才在家庭餐廳的那個計算比例。」

亞莉亞正在快轉想跳過廣告，我不悅地坐到她身旁。

「什麼？」

「就是在魔劍事件上的貢獻比例。妳是四成。白雪三成。蕾姬兩成……也就是說我只有一成嗎？」

我抱怨完，

「你只有在最後才稍微動了一下而已吧？」

亞莉亞邊按遙控器，頭也不回地說。

「……我要辭職不當妳的夥伴了。」

「唉呀！那個時候的你是真的有點帥啦。」

多虧了剛才那群海獺，亞莉亞現在很興奮。她朝著我，冷不防對我送了一個秋波。

喂！妳……

不要隨便對我送秋波啦。這個舉動犯規了吧。因為實在太可愛了。

現在，我覺得胸口好像被迷你的弓箭給射中了。

「夥伴老兄，我現在專程為了你把電視暫停，你可要仔細聽我說。你也跟……白雪一樣。雖然狀況還是有些不穩，但是你擁有我——福爾摩斯家的人不可或缺的力量。經過這次的戰鬥，我又再度理解到這一點。所以在彌補我的缺點方面，對我來說你也是——」

亞莉亞在沙發上正座朝向我。

看來在說出最後一句話前，她至少要讓視線與我同高。

「——很重要的人。」

她紅紫色的眼睛筆直地看著我。我沉默不語。

這……這傢伙實在自私到不行。

可是，為何我就是無法反抗現在這個正座在我眼前的小不點呢？該死，因為她很可愛的關係嗎？

不對吧，金次。

不是因為這樣。這是因為那個。

因為她的體型跟幼兒一樣嬌小的關係。肯定是這樣沒錯。

大人總是敵不過小孩的要求。對，一定是這樣沒錯。

「妳剛才說什麼！」

我們背後傳來歇斯底里的女性尖叫聲。

——要、要命！

我臉色鐵青轉頭一看，雙腳與肩同寬站在沙發後方的人——

「什麼叫『很重要的人』！」

果然是狂戰士模式的白雪。

所、所以妳這樣真的很恐怖，白雪！

妳那瞳孔放大、目光無焦的雙眼是怎回事！

還有啟動狂戰士模式的開關究竟是什麼！妳至少把這點告訴我吧！為了安全因素！

「我可先跟妳說清楚了！亞莉亞！」

「什、什麼啦！妳到底在氣什麼！」

亞莉亞看到白雪像鬼一樣的容貌，也嚇得往後退。

她碰一聲跌落地板，雙腳還留在沙發上成一個V字型。

「妳不要以為妳贏了！因為我、我、我也**跟小金接吻了——**！」

白雪不知道從哪裡，真的不知道從哪裡拿出了一把日本刀，接著跳過沙發朝亞莉亞砍去。

「什、什麼跟什麼啊！」

接吻的事情被回鍋重提，亞莉亞臉頰泛紅，同時一個巧妙的側轉躲過斬擊。

鏗！

啊啊！桌子又被砍壞了……

「平手！所以我們平手了！在小金的事情上面！我們現在是平手！接下來我會領先妳一步！就這樣而已！」

白雪手中嚷嚷著一串莫名其妙的話語，不停揮舞日本刀。室內重買過的各種東西，又接連遭受到破壞。

「喂、喂！奴隸二號！區區一個奴隸居然對主人這樣！快安靜下來！」

亞莉亞避開白雪橫掃的日本刀，終於開槍了。

威嚇射擊。漆黑的 Government 在天井上開了一個洞。

抱歉，各位鄰居們。

「妳、妳、妳才是，不過是一個小妾而已——厚顏無恥的小偷！」

白雪完全不畏懼。

她妹妹頭瀏海下的眉毛上吊，朝亞莉亞衝去。

啊啊！已經不行了。

無法停止了。

「金、金次！你親白雪是怎麼回事！你居然對委託人做那種事情！你、你這個無恥武偵！還有你快點想辦法搞定這個啦！」

亞莉亞啊。

妳可是把一個麻煩的傢伙收為奴隸二號了。

話說回來，妳要對我生氣前，最好還是先搞定眼前的武裝巫女才是上策啊。

我如此思考，同時邁開步伐。

穿過客廳，來到陽台。

喀啦！

我打開防彈置物櫃的門。

「待會妳們可要打掃乾淨喔。」

在這幾天，我學到一件事情。

雙劍雙槍的亞莉亞。武裝巫女的白雪。和這兩個傢伙扯上關係的事情，最後全都靠我體內這可恨的爆發模式而得以解決。

也就是說，如果我一直逃避爆發模式，然後還跟這兩個傢伙共同行動的話，不管有幾條命都不夠用。以後將會是這種日子吧。

如此一來……

我似乎不能繼續逃避了。逃避爆發模式。

但現在的問題很多。

爆發模式本來就不是可以自由切換的東西。大哥雖然辦得到……但「那個方法」對我來說似乎有點勉強。

進入爆發模式之後也是個問題。萬一女生喜歡上爆發模式下那個像牛郎一樣的我，那可就是變成惡性循環，我會屢屢進入爆發模式，變得和國中的時候一樣。

最大的問題是，進入爆發模式的引信是**「性亢奮」**。這一點絕對不能讓別人知道。

啊啊！真是……

問題堆積成山，我完全不知道該如何處理起。

唉呀，最好的解決方法就是……等到進入爆發模式後再來思考吧。

「金次！快來幫我！不然的話——」

總之眼前我必須做的事情……

「我就在你身上開洞！」

我無視亞莉亞的娃娃聲。

關上防彈置物櫃的門。

就是祈禱。

希望我還能活著看見明天的太陽。

最終章 Go For The NEXT!!!

平常來說，自己的房間應該是最安閒的地方才對吧？

但是現在我的房間因為亞莉亞賴著不走，和白雪隨意出入順理成章地做起家事來，搞得整個房間都是女人味，變得一點都不安閒了。

拜託妳們饒了我吧，真是的！

因此，最近我變得有點**拒絕放學**，而不是**拒絕上學**。今天我也在放學後，和閒人代表武藤以及喜歡交際的不知火三人，關在自習室做卡片遊戲的自習。

7點過後……因為武藤一個人獨贏（這傢伙每次都很猛。該不會是作弊的吧？），讓我開始覺得有點無聊的時候……手機響了。

原本想說如果是亞莉亞打的我就不接，不過號碼是０３開頭的。對方不是用手機。

誰啊？

「喂。」

『金次？你人在哪裡？』

咦！是亞莉亞。

「在哪都沒差吧。幹嘛啊？」

『你馬上過來。我在女生宿舍1011號室。』

「我才不想去女生宿舍勒。」

『吵死了！我叫你來你就馬上來！不來我就開洞！』

喀！

毫無爭論的餘地。

主人單方面掛掉了電話。

沒辦法，真的是沒辦法，所以我只好到女生宿舍1011號室一趟，房間沒有上鎖。

女生宿舍的單人房比男生宿舍的還要多，看來這間也是的樣子。

這裡是亞莉亞的房間囉？

「喂——我來了，亞莉亞！」

「你慢死了。不過今天我就原諒你。」

走上玄關後，亞莉亞穿著水手服從洗手台走了出來。

接著突然握住我的手。

喂、喂！妳幹嘛啊？

「來這邊。」

她拉著我入內，看到客廳的景像後——

「嗚……？」

我猛退了一下。

被蠟燭籠映照成粉紅色的室內，擺滿了各式各樣的衣服，多到讓人沒有立足之地。

——那些衣服的種類可不普通。

不知是哪裡的女服務生制服。白雪穿的那種巫女服。所謂的女僕裝。大號的幼稚園服裝。像貓耳朵一樣的　飾和尾巴。插著直笛的紅色小學生書包。形狀像南瓜一樣，大概是內衣之類的東西。還有其他族繁不及備載。

「金次，哪個比較好？」

「哪個……妳在說什麼啊！」

「真是的，金次。就算你**一直逃避**這一類的東西，也未免太遲鈍了吧？我在問你希望我穿哪種角色扮演的服裝？」

我被現場的氣氛給壓倒，一時無法言語。

此時，亞莉亞目光微笑，一步、兩步地朝我靠近。

「誒！」

亞莉亞穿著黑色過膝襪的小腳，踩住了我的腳尖。

我腦中一片混亂，呆立在原地，冷不防被她一推。

就這樣，我臉朝上被壓倒在身後的大床上。

「金次？」

亞莉亞動作飛快，讓幼兒般的身體跨坐在我身上。

突然用上半身蓋住我的臉。

我毫無自律的時間。

快要進入爆發模式的那種厭惡感，只短短一瞬閃過。

臉部隔著上衣，所感覺到的這股類似小棉花糖的感覺。跨坐在腰上的柔軟大腿。被酸甜的女生氣息所包圍的我——

只在短短數秒間就突然進入了。

進入爆發模式。

「！」

在這瞬間我腦中閃過一樣東西。

同時我全身的血液凝結。

我知道這樣說很失禮，但亞莉亞的胸部沒這麼豐滿。她雖然有穿集中托高型的胸罩想偽裝成本人，但是她之前也曾經把臉貼近我，所以我知道。

眼前這位女性的身體觸感，和我體驗過另一位女性——

一模一樣！

「理子！」

我聲音尖銳，低聲說。

「賓果！成功了、成功了！欽欽爆發了！站起來了！」

眼前這位偽裝成亞莉亞的人，變成了**理子的聲音**，抬起上半身。

大胸部在制服下彈晃，接著她用右手撫摸下顎，左手抓住雙馬尾的一邊。

接著取下臉上的類似薄膜的特殊偽裝，和粉紅色的雙馬尾。

偽裝下的人正如我所料——

「我是理子理子！嗯呵呵！我回來了！」

理子。

她就是殺死我大哥，還在我的腳踏車和武偵高中的公車上裝炸彈，最後在劫機事件中同我和亞莉亞交手後逃逸的「武偵殺手」——峰・理子・羅蘋4世。

為什麼這傢伙會在武偵高中！

理子高興地瞇起雙眼皮的眼睛，眸子像閃爍的星辰一般。用假髮巧妙藏住的蜂蜜色長捲髮，垂了下來。

「欽欽，幫幫理子。」

我的心臟一陣跳動。

爆發模式下的我——

只要看到女性有難，就會想伸出援手。

如果眼前出現困惑或陷入危機的女性，我就會毫不保留地使出能力去幫助她們，依照對方的要求去戰鬥。

理子很明顯知道這一點……才會這麼說的。

「不過話說回來，這本來就是亞莉亞和欽欽的錯，理子好不容易有雙重學籍，結果因為妳們，害我被伊．幽退學了喔？哼哼哼！」

被伊．幽「退學」……？

「理子想拜託欽欽。所以才用我媽媽教我的讓男生聽話的方法，這是我第一次用呢。呵呵。接下來是購買理子路線更新版的客人，專用的甜美事件喔！」

理子像野獸一樣興奮的呼吸中，夾雜著一股火熱。她脫下了我的領帶。

這個狀況看來，接下來會發生的事情已經清楚可見。

該怎辦。

理子將她可愛的童顏貼近我的臉，那張誘惑人心的嘴唇——

開口了。

「欽欽，我們來享受魚水之歡吧？」

該怎辦？金次。

To Be Continued!!!

後記

「黑色長髮是大家的憧憬！」

因此讓各位讀者久候的「緋彈的亞莉亞2」當中，星伽白雪大活躍！

白雪是清純、順從、溫柔的大和撫子，但是如果有女性靠近主角遠山金次的話，她就會變成有如惡鬼一般的武裝巫女模式，揮舞日本刀……這、這真是有一點傷腦筋呢（汗）。

然而如此有趣的白雪，其實被一種無形的鎖鏈給束縛住——這是本次故事的主軸。

希望各位可以守護逐漸成長的白雪……

不過我想各位看到最後，應該會覺得她果然很可怕吧？我就知道（赤松淚目）。

總、總之……請各位連同黑雪模式的白雪，也一併喜愛吧！

這才是愛啊！

在本次的故事當中……金次和亞莉亞這對高矮組合，要讓白雪住在自己房內保護她。

亞莉亞和白雪水火不容，不看場合隨意揮刀開槍，因此讓金次困惑不已。

請各位讀者竊笑金次的不幸吧。

「緋彈亞莉亞」系列當中，有幾個貫通全系列的主題。

其中之一就是「團隊合作」。

這個主題在人種多元、思想混雜的歐美社會當中，被當成一種學問加以研究。不過可悲的赤松不擅長研究學問……

我想要將這一點快樂地、緩緩地加入輕小說當中。

在閱讀這一系列作品的過程當中，你跟現在與未來遇見的朋友們之間的團隊合作，一定會更加順利。絕對！

因此，大家要多向朋友們推薦「緋彈的亞莉亞」喔！(笑)

希望日本國內的各位金次，都能遇見亞莉亞、白雪、武藤和蕾姬——

也希望有一天這些美妙的隊伍，可以實現各種不同的夢想。

二〇〇八年十二月吉日　赤松中學

アリア2巻 ということで。

■挿絵を描かせていただいておりますこぶいちです。
アリアも2巻ですよ！
めでたい。またこうしてアリア達を描けるのは嬉しく有難い限りです。

■今回は白雪の色々な表情を描けて楽しかったです。チアリアもチア白雪も。
ということでサービスすごいな！
赤松先生。
チアは趣味ですか。

■今回の新キャラちゃん
本編では制服を着てるイラストを描く機会がなかったのでここで。
こう、割と色々とマメな子だなあという印象でした。
今回限りなんでしょうかー
また出てくるといいな。と思ったり

繪者後記

我是負責描繪插圖的こぶいち。亞莉亞已經是第2集了！可喜可賀。又可以描繪亞莉亞等人，真的讓我很高興。

這次我很高興可以描繪出各種表情的白雪。還有啦啦隊服的亞莉亞和白雪。赤松老師真愛服務讀者啊！啦啦隊是您的興趣嗎？

這次沒有機會讓新角色在本篇故事裡頭穿制服登場，所以插圖就畫在這邊。這樣看起來，她給人的感覺其實還挺正經的。她只會在本書中登場嗎？如果以後可以再出現就好了。

浮文字

緋彈的亞莉亞（2）燃燒的鑽石冰塵

（原名：緋弾のアリアⅡ 燃える銀氷（ダイヤモンドダスト））

作者／赤松中學　封面插畫／こぶいち　譯者／林信帆
發行人／黃鎮隆　副總經理／陳君平
總編輯／洪琇菁　國際版權／黃令歡
執行編輯／呂尚燁　美術主編／李政儀
企劃宣傳／邱小祐
出版／城邦文化事業股份有限公司　尖端出版
台北市中山區民生東路二段一四一號十樓
電話：（〇二）二五〇〇七六〇〇　傳真：（〇二）二五〇〇二六八三
E-mail：7novels@mail2.spp.com.tw
發行／英屬蓋曼群島商家庭傳媒股份有限公司城邦分公司　尖端出版
台北市中山區民生東路二段一四一號十樓
電話：（〇二）二五〇〇—七六〇〇（代表號）
傳真：（〇二）二五〇〇—一九七九
北部經銷／祥友圖書有限公司
電話：（〇二）八五一二—三八五一
傳真：（〇二）八五一二—四二五五
中部經銷／高見文化行銷股份有限公司
電話：〇八〇〇—〇五五—三六五
傳真：（〇二）二六六八—六二二〇
雲嘉經銷／智豐圖書股份有限公司　嘉義公司
電話：（〇五）二三三—三八五二
傳真：（〇五）二三三—三八六三
南部經銷／智豐圖書股份有限公司　高雄公司
電話：（〇七）三七三—〇〇七九
傳真：（〇七）三七三—〇〇八七
一代匯集／香港九龍旺角塘尾道六十四號龍駒企業大廈十樓B&D室
電話：（八五二）二七八三—八一〇二
傳真：（八五二）二七八二—一五二九
馬新總經銷／城邦（馬新）出版集團　Cite(M)Sdn.Bhd.
E-mail：Cite@cite.com.my
大眾書局（新加坡）　POPULAR(Singapore)
E-mail：feedback@popularworld.com
大眾書局（馬來西亞）　POPULAR(Malaysia)
E-mail：popularmalaysia@popularworld.com
法律顧問／王子文律師　元禾法律事務所
台北市羅斯福路三段三十七號十五樓
二〇一〇年二月一版一刷
二〇一七年八月一版十二刷

■中文版■

郵購注意事項：
1. 填妥劃撥單資料：帳號：50003021戶名：英屬蓋曼群島商家庭傳媒(股)公司城邦分公司。2. 通信欄內註明訂購書名與冊數。3. 劃撥金額低於500元，請加附掛號郵資50元。如劃撥日起 10～14日，仍未收到書時，請洽劃撥組。劃撥專線TEL：(03) 312-4212 ・ FAX：(03) 322-4621。E-mail：marketing@spp.com.tw

國家圖書館出版品預行編目資料

緋彈的亞莉亞 / 赤松中學 著 ;
林信帆 譯.--1版.--臺北市：尖端出版,
2009[民98] 面 ; 公分.--(浮文字)
譯自:緋弾のアリア
ISBN 978-957-10-4144-5(第1冊：平裝)
ISBN 978-957-10-4144-5(第2冊：平裝)

861.57 98014545